KB117538

너는 거기, 나는 여기

나는 남들과는
조금 다른
심장으로 살아간다

너는 거기, 나는 여기

연 해 지음

마음지기

두 번째 이야기 그리움

세 번째 이야기 길 위에서

네 번째 이야기 **잠시 안녕**

Prologue

서른 몇몇의 나이를 먹었고, 꿈꾸던 꿈을 이루지도 못했다. 넉넉하게 모아 둔 재물도 없으며, 이립서른 살을 이르는 말의 나이에 명예도 얻지 못했다. 어떤 것도 풍족하게 이루지 못했다. 초라하다고 느꼈다가 이내 그 변변찮음이 물러가고 헛됨이 몰려왔다.

세상을 감동시키는 꿈을 이룬 이도, 진귀한 보물과 재물을 가진 이도, 이름을 천하에 떨쳐 명예를 얻은 이도 죽는다는 것.

모두가 죽는다는 것.

자신이 꿈꾸는 삶을 향해 불멸할 듯이 달려가며 그것이 전부인 양 모든 것을 걸고 살아가는 그들 모두가 죽는다는 것을 생각하면 부질없음에 배꼽 언저리가 허했다.

죽음 앞에서 나는 무엇으로 판단되며 기억되고 남을 것인가?

'잘 산다'는 것의 의미를 여전히 모르지만 '잘 살고 싶다'고 매일 생각한다.

죽음 앞에서 자랑스럽고 떳떳하며 꿈과 재물과 명예보다 더 큰 것, 그것이 무엇일까?

나는 오늘 하루도 삶에게 묻다가 좌절하여 울었지만 여전히 또 알고 싶다.

'잘 산다'의 진짜 의미를.

크림치즈가 듬뿍 들어간 카르보나라를 좋아하고
하드커버 일기장에 편지지를 수집하고
뉴키즈 온 더 블록과 마이클 잭슨의 카세트테이프가 들어있는
워크맨을 소중히 간직하던 사람.
고집이 세고 속내를 드러내지 않았지만
언젠가 스페인에 꼭 같이 가자던 사람.
〈은하철도 999〉의 메텔 공주 모자랑 똑같은 샤프카를 쓰고
혹독한 추위와 눈 덮인 백색 풍경을 걷는 것을 좋아하던 사람.
가끔 일기장을 뒤져서 편지지를 훔쳐보기라도 하면
머리채를 잡아 혼쭐을 내던 사람.
어두운 밤이면 가면을 쓰고 사람들 앞에 서서 슬픈 춤을 추거나
심장이 저리도록 애절한 노래를 기타 치며 부르던 사람.
꿈을 찾아 자주 먼 길을 떠났으며 홀로 그 쓸쓸함을 견뎌내고
잊힐 때쯤이면 돌아오던 사람.
푸른 바다가 보이는 동산 어귀에서 내 얼굴을 향해 하얀 찔레꽃
을 날려주며 향기를 맡게 해주던 사람.

손끝에서 태어난 그림들의 살아 움직이는 속삭임을 외면하고
가난으로 꿈을 접고 불 속에 던져버린 그림들을 보며
어두운 골방에서 어깨를 떨며 울던 사람.

어느 날 그 사람은 절대 돌아올 수 없는 먼 곳으로 떠나 반짝이
는 별이 되었습니다. 25년이라는 너무도 짧은 삶을 살다 간 인생
이 안타까워 서러웠습니다. 그 생에 심기어진 꿈들을 세어보지
못한 나는 내 남은 삶 또한 어떤 꿈도 꾸지 못하는 암흑에 갇혀
야 했고 매일 가시밭길에서 온몸을 뒹구는 듯한 고통 속에 살아
야 했습니다.
차가운 곳에 그 사람을 버려두고 오던 날…… 아무것도 할 수 없
었던 나는 그 무기력함과 초라함에, 아무것도 변하지 않은 현실
과 여전히 온 우주가 돌아가고 있음에 원망했습니다.

짧은 생애를 살다가 별이 된 나의 언니.
그 사람.

/

기억 속으로 스며드는 색깔

포슬포슬 비가 내리던 쌀쌀한 날이었다.

어떤 일 때문이었는지 기억은 나지 않지만, 어린 시절 언니와 나는 엄마에게 한껏 혼이 난 후 집 밖으로 쫓겨나 담장을 등지고 처마 밑에 웅크리고 오래도록 앉아 있었다.

그때 내가 무슨 색의 어떤 옷을 입었는지, 어떤 모양의 신발을 신었는지는 기억이 나지 않는다. 하지만 언니가 입고 있던 짙은 청록색 카디건과 맨발로 신은 커다란 리본이 달린 자줏빛 에나멜 구두는 생생하게 각인되어 있다.

우리의 키보다 조금 높았던 처마 밑으로 똑똑 떨어지는 빗방울은 모래 섞인 흙바닥에 작은 구멍을 일렬로 아홉 개쯤 아니면 열두 개쯤 새기고 있었다.

아무 말 없이 처량한 자세로 쪼그리고 앉은 우리는 한참 동안 그 구멍들을 바라보고 있었다. 언니는 그때 무슨 생각을 했는지 모르지만 나는 10년 후, 20년 후 우리의 모습을 상상했다.

밤이면 어둡고 침침한 주황색 가로등 하나가 초라하게 비추는 골목을 품은 작은 동네를 떠나고 싶었다. 밤새도록 꺼지지 않는, 환한 불빛이 비치는 화려한 도시를 꿈꿨다. 어른이 되면 우리도 그 불빛처럼 반짝반짝 빛날 것으로 생각했다.

그 후로 나보다 고작 몇 살 많은 언니가 꿈을 찾아 떠돌던 도시를 나는 싫다고 말하고는 했지만 어쩌면 언니가 도시의 불빛을 동경했던 것보다 내가 더 그 불빛을 꿈꾸고 바랐을지 모른다. 언니는 그것을 찾아 용감하게 세상으로 뛰어들었고 겁 많던 나는 마음으로는 꿈을 꾸면서 겉으로는 아닌 척했던 위선자였다.

언니가 떠나고 이따금 추적거리며 비가 내리는 쌀쌀한 날에는 짙은 청록색과 자줏빛으로 나의 머릿속과 심장이 물들곤 했다. 두 가지 색깔은 나를 붙잡아 흔들어 마음을 어지럽혔다. 때로는 길 한복판에서 현기증에 시달리기도 했다. 가슴에서 터져 나오는 눈물이 보일까 봐 우산을 내팽개치고 어린 날 우리가 웅크려 앉았던 초라한 자세로 앉아 있을 수밖에 없었다. 지나가는 사람들은 내가 다리에 쥐가 나서 잠시 쪼그려 앉았다고, 얼굴에 흘러내리는 눈물은 빗방울이라고 생각했을 것이다. 아니면 누구도 나에게 관심을 두지 않았을지도 모르겠다.

／

그럴 수만 있다면

당신이 없는 이곳은 쓸쓸해졌고
내 마음도 황폐해져만 갔지.
내 것이 아니어도 괜찮아.
이곳에 있음을 다시 볼 수 있다면
바라봄의 시간 동안 글을 쓸 거야.
윤슬보다 더 반짝이는 순간을 기록할 거야.
내 표정과 숨소리를 꼭꼭 숨겨 들키지 않게
당신이 있는 풍경을 바라만 볼 거야.
이 세상에 다시 올 수만 있다면
그럴 수만 있다면.

/

21g 영혼의 법칙

그는 예술가였다. 예술가에게 뮤즈는 너무도 중요했다.

보고 듣는 삶에서 어떤 감흥도 느끼지 못하게 되었을 때는

죽은 것이었다.

숨을 쉰다고 살아있는 것이 아니었다.

초롱초롱 빛을 뿜어내던 눈동자는 빛을 잃은 지 오래였고

핑크빛 볼은 하얗다 못해 창백해졌다.

예술이 끝났다고 생각했을 때 부활을 꿈꿨다.

그의 삶과 21g 영혼의 법칙이 담긴 작품들은

다시 나의 뮤즈였으나 더 이상 사랑과 고통,

기쁨과 절망, 질투나 환멸, 행복과 갈망을 담지 못했으므로

나의 뮤즈 또한 죽은 것이었다.

나의 뮤즈는 그렇게 심연 속으로 사라져 끝이라고 생각했다.
그러나 뛰어넘을 수 없을 것 같던 간격에서 허우적거릴수록
그의 작품은 선명하게 발광하며 떠올랐다.
곧 부활이었다.
왜 예술가에게 괴로움은 단순한 고초가 아니라고 했는지
아주 조금 알 듯했다.

/

사실은 나도

언니가 학교를 그만두겠다며 자퇴서를 쓰던 날, 그 마음과 용기를
비웃기라도 하듯 하늘은 유독 더 파랬다. 세상은 아직 언니를 받
아줄 준비가 되지 않았는데 언니는 그 속으로 뛰어들려고 했다.
아침에 눈을 뜨면 학교에 가고 그곳에서 가르쳐 주는 것들이 마
치 세상의 진리인 양, 그 잣대와 틀에 나를 맞춰 가는 삶이 너무
도 당연한 일이라고 생각하던 나에게 언니의 행동은 꽤나 충격적
인 동시에 동경할 만큼 멋진 모습이기도 했다. 겉으로는 "그래도
학교를 끝까지 마치는 것이 좋겠다"고 했지만 언니가 나의 설득에
넘어오지 않고 소신을 펼치길 바랐다. 그리고 언니가 자신의 결심
을 기어이 이루던 날 나는 마음으로 무한한 손뼉을 쳤다.

멀리 훨훨 언니의 진짜 꿈을 찾아 날아갈 수 있기를
나는 위선자로 남더라도 언니만은 꼭 그렇게 꿈을 찾아
더 넓은 곳으로 떠나가기를

사람들은 알지 못하더라도 하늘만은 알 수 있도록 나는 그날 파랗던 하늘에 마음속 진심들을 적었다. 잃어야 하는 것도 분명 있겠지만 심장을 뛰게 하는 빛나는 것을 찾고 싶었던 나도 언젠가는 언니처럼 마음의 견고한 요새를 부수고 진짜 원하는 것, 심장이 두근거리는 것을 찾아 떠나겠다고, 우리를 비웃던 파란 하늘에 새겨 놓았다.

／

반어법

너와 함께한 시간이 새겨진 장소들은
가끔 나의 가슴에 스며들어
그리움으로 번진다.
또각또각 나란히 맞춰 걷던 발걸음
주황색 가로등 불빛이 비치던 골목
밤길 고요함 속에 퍼져 나가던 너와 나의 웃음
꿈꾸며 나누던 우리의 목소리가 공허 속으로 흩어지던 골목
어느 곳에 있어도 보고 싶은 마음은 자주 드나든다.
너는 잠들 때마다 눈물이 볼을 타고 내리던
이곳이 그립지 않다고 했다.
나는 비가 내릴 때마다 창가에 이마를 대면
눈물이 볼을 타고 내리는
그곳이 그립지 않다고 했다.
너와 나는 반어법 따위를 좋아하다니.

실언

보슬보슬 비가 내렸고 조금 더 어두워졌으므로
너에게 그 말을 할 수 있었던 거 같아.
모든 것을 버리고 떠나겠다고.
지금 살아온 시간만큼 앞으로 산다 해도 장수이건만
솔직히 내가 무병장수할 거라는 확신이 없거든.
그동안 살아온 시간은 너무도 짧았는데
앞으로 남은 시간은 그보다 더 짧을지도 모르니까.

한 번쯤 반듯한 길이 아닌 마음 가는 대로 살아 보는 것.
보슬거리는 빗소리에 취하지 않으면 결코 용기 낼 수 없는 마음
속 진심들을 아직 분위기에 취해 있을 때 일을 저질러도 좋을 것
이다. 포장해서 그럴듯하게 살아가는 삶이 아닌 네가 없이도 살
아가질 세상을 향해 지금 떠나도 좋으리라.

/

잠시와 영원

당신과 내가 태어난 곳은 모든 것이 막막하게 느껴지던 미지의
아일랜드.
당신의 가슴속 불을 꺼내 보이고 싶어 했던 정열의 스페인.
당신의 꿈과 삶의 꽃봉오리를 채 피지 못하고 사라진 불꽃 같은
아프리카.
꿈과 심장이 뜨겁게 불타버린 당신을 건져내 주고 싶은, 그래서
내가 머물고 싶은 시베리아.
짧은 시간 살다간 당신의 시간을 얼려 지구가 사라질 때까지 영
원 속에 살게 해주고 싶었다.

찰나를 살아가는 우리 — 너와 내가 갇혀 있는 이 무한한 세계에
대한 동경이 아닌 영원을 살아가는 시간 — 너와 내가 누리게 될
그 유한한 세계에 대한 소망을 꿈꾸자.

무한 속에서 유한을 볼 수 있게 해주는 것들.

노래 속에

써 내려간 글 속에

열정을 담아 피워 낸 삶 속에

꿈과 희망을 담은 행복 속에

그 속에서 우리가 분명하게 느끼고 깨닫게 되는 유한한 세계.

/

슬픈 가면

가끔 밤이 오지 않았으면 좋겠다는 생각을 하지.
달빛이 내려앉으면 내 안의 좌절감도 함께 내려
낮에는 느끼지 못하던 감정들이 깊은 곳 어딘가에서 밀려오지.
해 질 녘 땅거미가 찾아오듯 좌절감이 찾아오면
앞이 보이지 않아 주춤거리고 머뭇거리게 돼.
당신도 나처럼 그랬던 거야.
밤이면 그래서 가면을 쓰고 사람들 앞에 서지.
사실은 가면이 아니라 깊은 내면에 자리 잡은 것이
진짜 자신이라는 것을 알기에
초라한 감정이 자신을 삼킬 거 같아 두려운 거야.
그래서 또 다른 가면 뒤로 숨는 거야.

밤이면 찾아오는 진짜 자신을 직시할 수 있다면
조금은 덜 외롭고 아플까?

당신이 밤이면 가면을 쓰고 슬픈 춤을 추는 이유는
절망감이 삼키지 못하게 하기 위한 몸부림이라는 걸 알고 있어.
매일 밤 나도 당신처럼 깊은 절망과 싸우고 있거든.
밤이면 가면을 쓰고 슬픈 춤을 추는 당신의 모습에서
나를 발견하고는 사람들이 눈치채지 못하는 그 눈물을 닦아 주지.

너와 나, 마음의 거리는 몇 킬로미터나 될까?

여행하는 동안 많은 일을 겪느라 정신이 없었다는 말과 함께 나의 안부를 묻는 메시지를 보냈던 너를 생각한다. 그러면서 일상에서 나는 어떤 모습일지 궁금했다.

온종일 운전을 하고 수많은 일을 감당해 내면서 네가 마음 한편에서 떠나지 않았지만 안부 문자를 보낼 만큼 여유는 없었다.
몇 번 휴대폰을 만지작거리며 메시지를 보낼까 짧은 시간 생각했지만 문자를 보내지 않은 건 마음의 거리가 여유를 더 빼앗았기 때문이다.
고된 하루를 마감하고 12시가 다 되어 집으로 돌아오는 길, 마음이 약해졌는지 눈물이 났고 그리웠지만 늦은 시간이라 너에게 메시지를 보내지는 않았다.
마음이 담기지 않은 메시지를 보내던 네가 나를 생각하는 마음이 더 큰 걸까?
미안해서 메시지를 보내지 못하는 내가 너를 생각하는 마음이 더 큰 걸까?
너와 나, 마음의 거리는 몇 킬로미터나 될까?

／

편지지

언니의 취미 중 하나는 편지지 수집이었다.

언니의 세계를 늘 엿보고 싶어 하던 나는 언니가 자리 비운 틈을 타서 보물처럼 아끼는 편지지를 몰래 구경하곤 했다.

단지 언니가 정성스레 모아 둔 편지지를 구경하는 일이었는데 마치 큰 거사를 앞둔 사람처럼 마음이 설레고 심장은 방망이질해 댔다.

편지지를 훔쳐보는 것만으로도 언니의 세계를 엿보게 된 것 같았고, 그렇게 언니의 세계를 공유했다는 생각으로 마치 내가 어른이 된 것 같은 착각에 빠지곤 했다.

그러던 어느 날 내가 몰래 편지지를 훔쳐본다는 것을 언니가 눈치챘고, 작은 사생활 하나도 누군가에게 들키는 것을 극도로 싫어하던 언니에게 나는 머리채를 잡혀 혼쭐이 났다.

하지만, 그 후에도 나는 편지지 구경을 멈출 수 없었다.

편지지에 새겨진 형형색색의 아름답고 감성적인 그림과 마음을 말랑말랑하게 하는 글귀는 내가 세상과 소통하는 유일한 출구였기 때문이다. 어린 나에게 언니의 세계는 무척이나 신비스럽고 동경하는 곳이었으므로 그렇게 알게 되는 세계에 대한 달콤한 유혹을 뿌리치기란 쉽지 않았다.

이후로 나는 몇 번 더 머리채를 잡히기는 했지만, 암암리에 자신

이 자리를 비울 때마다 내가 편지지를 구경한다는 사실을 알면서
도 언니는 눈감아 주곤 했다. 그렇게 나는 비공식적으로 허락을
얻어냈다.

아마도 그 편지지가 세상과 소통하는 나의 유일한 출구라는 것
을 알게 된 언니가 일종의 연민을 느꼈던 것 같다.

나는 시대에 뒤처진 사람처럼 지금도 편지지를 자주 사용한다.

이메일이나 스마트폰, SNS가 발달했음에도 불구하고 그것들은
편지지가 전해 주는 따뜻함이나 감성을 제대로 실어 주지 못한
다는 생각이 들기 때문이다.

25년을 살다간 언니가 모으던 편지지처럼 아름답고 마음을 사로
잡는 편지지를 요즘에는 찾아보기 힘들다. 마음이 변했기 때문인
지도 모르겠다.

일부러 누군가에게 부치는 편지가 아니어도 글을 쓸 때면 종종 편
지지에 적는다. 편지지에 글을 쓰면 언니 생각이 나기 때문이다.

언니의 기억이 희미해져 추억으로 남는 게 싫기도 하고, 미안함
에 그렇게라도 생각하지 않으면 안 될 거 같아서이기도 하다.

언니의 입으로 자신을 기억해 달라고 한 적은 한 번도 없지만, 내
인생에서 언니를 잊고 산다면 나 자신을 용서하지 못할 것 같아
서이기도 하다.

네가 그리운 걸까? 그때가 그리운 걸까?

깊은 호수를 품은 유럽의 작은 시골 마을 할슈타트의 겨울이 그
리워졌다.
밤새 그리움에 뒤척인 것이 그곳과 함께 떠오른 너 때문일까?
그 시절의 향기 때문일까?

웃을 때마다 부풀어 오르는 너의 하얀 볼처럼 새하얀
눈이 붉은 지붕에 소복이 쌓이는 꿈같이 아련한 곳.
호수의 고요보다 더 짙은 어둠의 고요가 먼저 찾아와
마을을 뒤덮는 곳.

대화하다 조금의 흥이 오르면서 볼이 복숭앗빛을 띤
것은 카페 안의 따뜻한 공기 때문이었으므로 충분히
이성적이라고 생각했던 밤.
함께 여행 가자 말해 놓고 분명 실행 불가능한 일일
것이라며 실소를 터트리면서 늦은 시간 집으로 돌아
가던 밤.
짙은 안개가 밤을 더 어둡게 만들어 너와 나의 꿈과
미래를 더 깜깜하게 만들던 밤.

잠자리에 들려다 갑자기 할슈타트의 겨울이 그리워
지고 그곳으로 다시금 떠나고 싶은 갈망이 찾아 드는
이 밤.
깜깜한 날 속에서도 함께였던 네가 그리운 걸까?
깜깜한 날 속에서도 희망을 품던 그때가 그리운 걸까?

/

아름다움의 원래 이름

이름만 들어도 목구멍을 싸하게 찔러
기어이 아픈 가슴을 헤집어 놓는 곳
생각만 해도 사무치는 곳
그래서 다시는 가고 싶지 않은 곳

당신과 앉았던 국방성 앞 벤치는 사라졌고 화단이 새로 생겼습니다. 화단에는 그리움이 꽃으로 피어나 활짝 웃고 있습니다.
나는 언제쯤이면 그리움을 가슴에 담아 두고도 여유로운 미소를 지을 수 있는 인생의 깊이를 가질 수 있을까요?
당신의 향기는 수천 킬로미터를 날아와도 지독하게 스며들어 밤마다 나를 괴롭힙니다.
수천 시간을 흘려보내도 코끝에 머물러 가슴에서 뜨거운 것이 울컥 쏟아지게 합니다.

나는 이 모든 것이 우리의 생을 더 찬란하게, 더 아름답게 만든다는 것은 알고 있습니다. 그러나 투명하리만치 찬란한 아름다움을 간직하기란 이토록 어렵군요.

당신도 알고 있죠?
아름다움의 원래 이름은 아픔이었다는 것을.

/

좋아하던 것들

오늘은 네가 좋아하던 것들이 한꺼번에 파도처럼 머릿속을 훑고 지나갔어.

크림치즈가 듬뿍 들어간 카르보나라, 뉴키즈 온 더 블록의 조던 나이트, 낙엽을 사이사이 꽂아 가을 냄새 담은 하드커버 일기장, 좋아하는 노래들로 채워진 오래된 카세트테이프와 워크맨, 비디오…… 아! 마이클 잭슨의 〈Dangerous〉 뮤직비디오 테이프와 포스터.

이제는 기억해 보려 해도 기억이 나질 않아. 시간이 너를 지운 걸까? 내 기억이 너를 지운 걸까? 고민했는데 이렇게 한꺼번에 모든 것이 떠오르면 감당하기 벅차잖아.

먼 곳에서 너의 향기가 몰려와서 안 되겠어.

돌아가는 길에는 면세점에서 아니면 비행기 안에서 향기가 아주 짙은 향수를 한 병 사야지.

너의 냄새를 지울 수 있는 아주 짙은 향수 한 병을.

/

어느 날, 별이 되었습니다

언니는 자주 먼 길을 떠났다가 잊힐 때쯤 돌아왔다.
그날도 언제라고 확실하게 말하지 않았지만 곧 돌아온다고 했고
나는 언제나처럼 믿었다.

간절히 기다린 건 아니지만
길을 걷다가
밥을 먹다가
책을 읽다가
음악을 듣다가
문득 생각나면 한쪽 가슴이 시렸다.

꿈을 찾아 어디쯤 헤매고 있는지
바쁘고 고된 하루 속,
쓸쓸하지만 밥은 먹었는지

책 속에 숨어 있는,
그토록 찾고 싶었던 것은 발견했는지
길을 걷다가 어딘가에서 들려오는 노래 가사에
심장이 찢기고 그리움에 물들었는지
문득문득 떠올렸지만
죽을 만큼 애타거나 간절하게 기다린 건 아니었다.

그러다 어느 날 언니가 절대 돌아올 수 없는 먼 곳으로 떠났고,
반짝이는 별이 되었다는 소식을 들었다.
생애 처음으로 오열이라는 단어의 뜻을 온몸으로 경험했다.
온몸의 세포가 오열했다. 머리카락 한 올 한 올이 오열했다.
몸의 모든 구멍에서 열이 치솟고 물이 쏟아져 내렸다.
사람들은 오늘 밤하늘에서 별 잔치가 열린다고 했지만,
나는 언니가 그곳에서 돌아오고 싶어 오열하는 것이라 생각했다.

우주 어디쯤 헤매던 언니가 돌아오겠다던 약속이 생각나
내게 오려고 온몸의 세포가 찢겨 나가고
온몸의 구멍에서 열이 나고 물이 쏟아져 내리는 오열을 하며
이 땅으로 쏟아지나 보다 생각했다.

/

남들과 다른 심장으로 살아가는 이유

차가운 그곳에 언니를 홀로 버려두고 오던 날,
달빛이 머리 위로 쏟아집니다.
아무것도 할 수 없었던 나는 그 무기력함과 초라함에
아무것도 변하지 않은 현실에
참았던 눈물을 떨구고 말았습니다.
달무리에 그리움이 더욱 무겁게 가슴을 짓누르고
한 페이지 한 페이지 써 내려간 삶의 흔적 앞에
겸허함으로 묵상하며 그분 앞에 마음을 토할 때
나는 낮아지고 감성은 더욱 충만히 차오르더니
결국 눈물을 떨구고 말았습니다.

당신은 아직도 거기 계시는군요.
바람이 나를 흔든 것인 줄 알았는데
내가 흔들린 거군요.

아, 당신은 여전히 그 자리군요.
당신이 지은 지구별의 모든 것도 여전히 그 자리군요.
오직 나의 언니 하나만 없는 거군요.

간절한 언니의 눈빛을 외면한 나는
심장이 찢기는 아픔을 견뎌야 했고
언니의 생에 심겨있던 꿈들을 세어보지 못한 나는
내 남은 생애 동안 어떤 꿈도 꾸지 못하는 암흑에 갇혀야 했고
언니를 끝까지 지키지 못한 나는
매일 매일 가시밭길에 온몸으로 뒹굴어야 했습니다.
그것이 내가 남들과 다른 심장으로
남은 인생을 살아야 하는 이유입니다.
살아남은 자책감이 심장을 찢어도
그 잔인함을 견뎌야 하는 이유입니다.

세상 끝나는 날 우리가 다시 만나게 되었을 때
그저 견디는 것밖에 할 수 없었던 나를 보며 웃어 줄까?

/

그렇기에 지금, 현재를 살면 되는 거야

남은 생애 동안 다시는 볼 수 없는 당신
그리고 이 순간들.
욕심을 조금 내서 영원히 붙잡아 두고 싶지만
단언컨대 영원은 존재하지 않아.
욕심을 버리고 그 사실을 받아들이는 것이 아프지만
현재에 충실할 수 있다면
당신, 이 순간은 인생의 빛나는 추억이 될 거야.
손가락을 살짝 베여도 아픈데
인생의 추억을 만드는 일이 어떻게 아프지 않겠어?
새겨진 추억은 때때로 생각이 나겠지만
영원히 잊힐 수도 있어, 분명!
그렇기에 지금, 현재를 살면 되는 거야.
아프면 아픈 대로
먹먹하면 먹먹한 대로
설렘으로 잠들지 못하면 못 드는 대로.

그렇게 소망을 품어보는 것만으로도
조금의 위로를 얻을 수 있다면
지금 이 순간의 감정이 시키는 대로
지금, 현재를 살면 되는 거야.
영원한 건 없으니까, 분명!

58

/

꿈

4시를 넘기고 있다. 잠들고 싶다.
발가락 끝에서 스멀스멀 벌레가 기어가는 듯한 고통의 무게보다
떨쳐버릴 수 없이 점점 더 크게 다가오는 당신의 무게가 가슴을
짓누른다.

진심 따위는 없다고 생각한 차가운 도시에서
유일하게 따뜻함으로 채워 준 눈빛.

잠들지 못하는 시간, 당신이 아무 말 없이 곁에 있어 준다면 깊고
편한 잠 속으로 빠질 수 있을 듯하다.
아름다운 노래를 곁에서 들려준다면 아픈 심장과 희미한 기억의
파편들을 내려놓고 처음으로 깊고 편한 잠 속으로 빠질 수 있을
듯하다.

/

언제나 그 자리에

조금 긴 방황의 여행을 마치고 일상으로 돌아온 날,
그 방황이 끝나길 묵묵히 기다려준 누군가가 있음에 고마워서,
봄 햇볕처럼 따스해서 자꾸 눈물이 나.

밤새도록 언니에게 쓰는 편지는 한 줄을 채우지 못하고
눈물샘이 터지겠지만 포기하지 않을 용기, 믿음, 확신
이 모든 것이 나를 밀고 갈 힘이야.

온종일 언니가 그리웠던 날,
오늘 하루 어떻게 지내고 있냐고 묻고 싶지만
언니의 안부를 묻는 일은 전화나 카톡으로 할 수 없었어.
영원히 부재중이거나 영원히 지워지지 않을
숫자 1만 남을 것이므로.

확인하지 않은 문자, 미뤄 둔 답변에
송두리째 흔들릴 만큼 심장이 찢겨 나가던 후회.
가끔 멀게 느껴진다는 메시지를 보내놓고 한참을 울었어.

언니는 언제나 그 자리에 있는데
내 마음이 언니를 저만치 미뤄 두고
족쇄처럼 매여진 존재로부터
잠시 죄책감을 내려놓고 자유로워지고 싶었나 봐.

언니는 언제나 그 자리에
영원히 돌아올 수 없는 그곳에
영원히 부재중이거나 영원히 지워지지 않을
숫자 1만 남긴 채.

/

까무룩 잠이 들었다 눈을 떠보니

낯선 도시를 온종일 헤매고 늦은 시간 호텔로 돌아와 잠을 청했
다. 쉽게 잠들지 못하는 밤이라 해도 다리가 쑤시고 온몸이 아프
니 곧 지쳐 쓰러지겠지…….
그렇게 나는 눈을 감고 당신의 얼굴을 그려 본다.
까무룩 잠이 들었다 눈을 떠보니 30분도 채우지 못하고 눈뜨면
잊어버리는 가슴 시린 꿈속을 헤매었다.

당신은 그 꿈속 어디쯤 헤매고 있을까?
다시 만나고 싶어 눈을 감아 보지만
꿈속으로 들어갈 수 없다.
육신은 잠들지 못하고 밤을 까맣게 지새우게 만들어
마른 눈물 자국만이 흔적으로 남아 아픈 마음을
흔들어 놓는다.

/

오로라

꿈을 향해 이제 막 여행을 떠나려는 나의 미래는 하얀색 원피스처럼 하늘하늘 춤을 추었고, 열정으로 붉게 타오르는 심장은 빨간 구두처럼 빛을 내고 있었다.

일주일 후면 한국을 떠나 오랫동안 꿈꿔 온 것을 찾기 위해 모스크바로 여덟 시간 날아가야 했다. 언니도 자신이 하고 싶던 일을 하기 위해 디자인 학교를 알아보고 있고 곧 좋은 소식이 올 거라고 했다. 조금은 상기된 표정으로 얼마나 기쁜지 말해 주려는 것 같았지만 언제나처럼 언니는 말을 아꼈다. 나는 미래를 꿈꾸고 그리느라 한껏 부풀었고 그날은 유독 재잘대며 많은 이야기를 쏟아냈다.

"오스트리아 빈 국립 오페라하우스에서 우아한 드레스를 입고 멋진 클래식을 듣는 건 어때? 요한 슈트라우스 2세의 〈아름답고 푸른 도나우〉가 울려 퍼진다면 그보다 더 멋진 일은 없을 거야. 우리가 입고 갈 드레스는 꼭 언니가 디자인한 것으로. 그 다음은 잘츠부르크로 가서 모차르트의 얼굴이 큼직하게 새겨진 초콜릿을 잔뜩 사서 온종일 그것만 먹는 거야. 성으로 올라서는 누가 쳐다 보고 웃더라도 〈사운드 오브 뮤직〉의 한 장면을 재현하듯 노래도 한 곡 멋지게 부르는 거지. 신은 마리아에게 무척이나 자비했어. 마리아가 무엇을 할 때 가장 행복하고 심장이 뛰는지 알았던 거야. 그렇지 언니?"

그날 언니가 끌고 가던 캐리어가 바닥에 미끄러지며 내던 소리가 가끔 환청처럼 들리고는 한다. 함께 나누던 대화와 그리던 꿈들도 마치 캐리어에 꼭꼭 싸서 멀리 떠나보낸 것처럼.

언제나처럼 언니는 꿈을 찾아 훌쩍 떠났고 그러한 뒷모습을 종종 지켜봐야 했기에 그리 낯설지 않은 모습이었지만, 내가 이제 곧 떠나게 되었으므로 사무침이라는 단어가 마음 깊은 곳에 새겨질 준비를 하고 있었다.

언니를 남겨두고 돌아섰던 시간을 생각한다. 일부러 돌아보지 않은 건 혹시라도 언니가 나의 뒷모습을 바라보고 있을까 봐서였다. 돌아봤을 때 눈이 마주친다면 나는 무너졌을 것이기 때문이다.

욕심이 스멀스멀 올라오면 끝이다. 보고 싶은 마음 한 번만 또 한 번만 참다 보면 무뎌지겠지. 곧 우리는 북극의 오로라aurora처럼 추억의 액자로 남아 마음에 걸릴 테고 어둠 속에서 헤매다 지칠 때쯤 새벽빛처럼 깨어나 내가 가야 할 길을 안내해 주겠지.

* 오로라(aurora)는 '새벽'이라는 뜻의 라틴어

/

Something about us

,

당신은 나에게 늘 밝은 모습이 좋다고 했다. 그 어떤 일도 툭툭
쉽게 털어버리고 심각한 일도 가볍게 웃어넘길 줄 알며 상대와
가벼운 농담으로 승화시키는 모습이 좋다고 했다.

당신은 진짜를 볼 줄 모르는 사람일지도 모른다고 생각했다가 어
쩌면 고수일지도 모른다고 생각했다. 늘 내가 숨겨 둔 한 수보다
한 수를 더 두던 당신이었다.

가슴에 담아 둔 이야기를 꺼내 본 적 없지만 당신은 웃음 속에
가려둔 진실을 봤을지도 모른다고 생각했다. 농담으로 털어 내야
하는 진짜 이유를 벌써 한 수 읽었을지도 모른다.

우리가 서로에게서 발견하는 진실들은 같은 경험을 했을 때만 알
수 있는 것이다.

'Something'

말로는 표현할 수 없지만 마음과 마음으로 느껴지는 공감.

진짜 고수는 많은 경험과 깨달음으로 삶을 채울 때 알 수 있다.

그네 | 누군가의 이야기

시간이 지날수록 마치 꿈에서 만났던 것처럼 희미해져 갔다.
함께 나누던 소망도 꿈속에서 나눈 대화처럼 잊혀갔다.
꿈이었나?
모든 게 꿈이었나?
잊혀가는 것이 서러워 글로 기억하고 싶었다.
비가 오면 눈물이 흐르고 눈이 오면 그리워
보고 싶은 마음을 눈물로 한 글자씩 눌러썼다.
사진을 꺼내 보듯 그리운 언니도 꺼내 볼 수 있으면 좋겠다.
아무리 오래된 사진이라도 언제든 볼 수 있듯
오래전 그날의 우리가 보고 싶다.

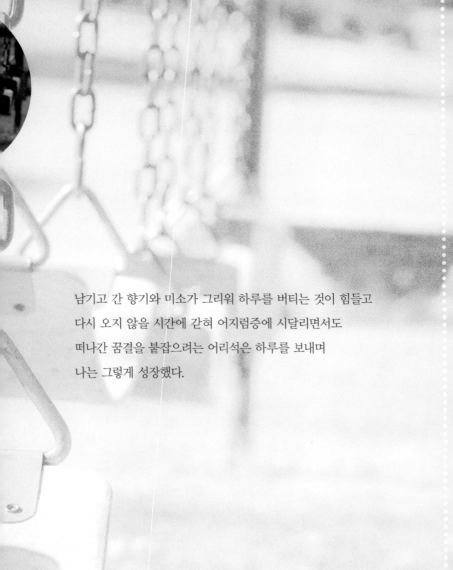

남기고 간 향기와 미소가 그리워 하루를 버티는 것이 힘들고
다시 오지 않을 시간에 갇혀 어지럼증에 시달리면서도
떠나간 꿈결을 붙잡으려는 어리석은 하루를 보내며
나는 그렇게 성장했다.

/

내가 세상을 견디는 방식

언니가 폭발과 화염 속에서 극한 공포에 떨며 생의 마지막을 보내던 순간 고작 내가 한 일이라고는 러시아의 작은 시골 마을 골목골목마다 약에 취해 쓰러져 있는 젊은이들을 구하는 일이었다. 희망도 꿈도 없이 약에 취해 풀린 눈동자와 사지에 힘이 빠져 널브러져 있는 그들의 모습은 그 아름답던 백야 속에 전혀 어울리지 않았다. 모든 시간이 나에게는 아이러니했다. 누군가는 꿈을 꾸고 살기 위해 생명을 갈구하는데, 또 다른 누군가는 마치 죽고 싶어 미쳐 있는 것처럼 눈동자에서는 그 어떤 삶의 의지도, 희망도 찾을 수 없었다.

자비한 신은 어디에 있는가. 나에게는 왜 이토록 잔인한가. 그동안 내가 믿어온 신에 대한 신뢰에 의문이 들었다. 온갖 원망의 질문들을 쏟아내며 내가 할 수 있는 것은 엎드려 우는 것뿐이었다. 그리고 내가 세상을 견디는 방식은 그냥 견디는 것뿐이었다.
이 아이러니한 시간을 그냥 견디는 것.
내 가슴을 마구 흔들어 놓는 것들을 그냥 견디는 것.

당신이라는 아름다운 풍경 속에 홀로 갇히는 것이 외롭지만 그냥 견디는 것.

누군가에게는 아름다움이 다가오는 아픔의 순간이, 또 다른 누군가에게는 아름다움이 사라지는 아픔의 순간이 되기도 하는 이 아이러니한 시간을 견디는 것, 오직 견디는 것뿐이었다.

미쳐야만 살 수 있다고, 세상 사람 누구나 미칠 수밖에 없는 아픔에서 발버둥 치는 시간을 통과한다고 고요함 가운데서 들리던 음성은 나를 송두리째 흔들었다. 대체 얼마나 깊은 구렁에서 얼마나 많은 눈물을 흘려야 하는지 모르지만, 내가 세상을 견디는 방식은 그냥 견디는 것뿐이었다.

/

꿈이었나, 모든 게 꿈이었나

각자의 분야에서 최선을 다해 꿈을 이루자며 함께 웃던 시간이
유독 그리운 날이었다.
내가 베스트셀러 작가가 되어 노벨 문학상을 받거나, 언니가 최
고의 디자이너가 되어 파리 런웨이에 작품을 올리고 최고의 디
자이너 상을 받게 되면 오늘 이날을 기억하자고 키득키득 떠들며
웃던 밤.
수상 소감 때 서로의 이름을 불러주고 최고의 친구였다고 말해
주자고 했던 밤.
언니는 농담처럼 웃어넘겼는지 몰라도 나는 진심이었다.

언니가 남기고 간 향기와 미소가 그리워 오늘 하루도 버티는 것
이 힘겨웠다.
다시는 오지 않을 시간에 갇혀 어지럼증에 시달렸고 떠나간 꿈결
을 미련하게 붙잡으려고 어리석은 하루를 보냈다.

언니는 꿈속에서 만났던 것처럼 희미해져 간다.
함께 나눴던 우리의 꿈들도 희미해져 간다.

꿈이었나, 모든 게 꿈이었나.

너무 빨리 지지 마라

머릿속에 떠오르는 수많은 생각을 입으로 다 뱉어서는 안 되었다.
한마디 말로 표현할 수 있는 것이 아니었으므로 침묵해야 했다.
사라지는 것들의 설움이 지평선 끝에 매달려
마지막 발버둥을 치는 순간이 이토록 황홀할 수가 있을까?

나와 같은 마음이었을까?
우연히 길 위에서 만나는 노을 지는 풍경처럼
언니 또한 인생이라는 여행 중에 붙잡아 둘 수 없는
스쳐 지나간 장면이라 생각하니
그 설움을 속으로 삼킬 수밖에.

노을아, 조금만 더 머물러라.
너무 빨리 지지 마라.

/

안나에게

안나, 당신이 나에게 나이가 들수록 울컥하는 일이 잦아진다고 했을 때 늙었다고 놀리며 웃곤 했는데 몇 년도 지나지 않아 그 말을 이해하게 되었어. 평범한 하루를 보낼 수 있음에 감사해서 오늘도 왈칵 눈물을 쏟았지. 이렇게 평범한 하루를 지낼 수 있다는 것은 기적이니까. 평범한 삶의 고마움을 느끼지 못한다면 어떤 큰일도 감당할 수 없다는 것을 알게 되었으니까. 10년도 훌쩍 넘었지만 그래도 나는 살아 낼 만한 시간이었어. 고국으로 돌아가는 길이 기쁜 일이 아니었으므로, 불에 타버린 언니의 시신을 수습해야 하는 기막힌 일이었으므로 내게 섣부른 위로를 하지 못하던 마음을 나는 충분히 이해해.

봄, 여름, 가을, 겨울이 가고 많은 시간이 지나도 서로를 그리는 마음이 여전히 따뜻하게 묻어난다면 어디에 있든 우리는 영원한 친구라고 했던 당신의 말처럼 되었어. 7일의 세상을 기억하기 위해 7년 동안 번데기로 살아가는 매미처럼, 장성하고 곧은 죽순을 피우기 위해 7년을 싹트지 않고 땅속 깊이 뿌리를 내리는 대나무처럼 우리가 견뎌낸 시간이 참 대견하고 아름다워.

그동안 안나 당신이 먼 타국 땅에서 얼마나 또 서러운 일들을 겪으며 어떤 인생을 살아왔는지 나는 그 깊이를 헤아리지 못하겠어. 당신이 그토록 그리워하는 고국 땅을 나는 미치도록 떠나고 싶어 했으니 이 얼마나 모순인가 생각했어.

따뜻하게 바라봐 주고 여전히 자신이 아름다운 사람이라고 말해 주는 이가 단 한 명이라도 있었다면 고국을 등지는 일은 없었을 거라는 말을 들었을 때 다리에 힘이 빠졌어.

안나, 나도 어쩌면 그때 그 한 사람이 필요했는지 몰라. 이 땅에서 발붙이고 살아갈 이유가 되는 한 사람 말이야.

그날을 잊었다고 생각하고 눈을 감아 잠을 청하면 지금 내가 인생이라는 비밀을 풀어야 하는 수수께끼 같은 꿈을 꾸고 있는 것은 아닌가 하는 생각이 가끔 들어.

결코 돌아갈 수 없고 되돌릴 수도 없는 시간이지만 이제는 그 시간을 바라보는 다른 눈을 갖게 되었어. 앞으로 살면서 아픈 일이 더 많아질 거라고 하지만 그 아픔은 나만이 누릴 수 있는 특별함이며, 내 이름처럼 '연해' 사랑의 인연들이 천상의 웃음소리로 가득 차게 될 거라고 말하던 당신의 부러운 인품을 조금이라도 닮은 내가 되었기를 소망해. 상대에게 그런 확신을 주는 따뜻한 마음과 진심 그 눈빛을 나도 갖고 싶어.

생명이 또 다른 생명을 낳듯 언니가 죽어가던 시간에 우리가 구해

내 산드리아를 가끔 생각해. 후로 나는 그곳을 떠났지만 안나 당신이 지속해서 관심을 가지고 돌봐 주었을 거야. 꼬물꼬물 작은 계집아이가 벌써 성인이 되었을 테고 그 사랑을 다시 누군가에게 전해 주고 있을 거라 확신해. 그것이 우리가 꿈꾸는 세상이었으며 누군가의 눈물이었고 또 하나의 귀한 생명의 희생이었으니까.

안나, 당신과 산드리아가 생명에서 생명으로 이어진 진짜 가족이 되어 오래도록 행복하기를 바랄게.

당신에게 사과한다

우연히 마주친 작은 공간에서 나는 다짜고짜 당신에게 "감사하다"
는 말을 건넸다. 그 의미를 어떻게 받아들였는지 모르지만 오늘
이렇게 아름다운 존재가 되어 내 앞에 있음에 '감사하다'라고 표현
한 것이었다. 비록 너무 오랜 시간이 걸렸지만 나의 어리석은 눈이
열리고 당신을 진지하게 대할 수 있는 기회가 왔음에 '감사하다'는
의미였다. 오랜 시간 아팠을 것이고, 울었을 것이고, 무릎을 꺾고
자신을 쳐서 보물을 닦았기에 오늘 당신은 그토록 영롱하게 되었
을 것이다.

첫눈에 당신을 알아보지 못한 것은 너무도 많은 시간이 흘러서이
기도 하지만 그때 몽매했던 나의 눈은 자신밖에 모르는 이기심으
로 가득 차 있었다. 상대를 바라볼 여유조차 없었으므로 당신의
미래와 삶에 대해 진지하게 대해 주지 못했다. 변명처럼 들리겠지
만 헐거워진 당신의 구두 뒤꿈치가 어떻게 닳아 없어졌는지 마음
으로 바라볼 여유가 없는 어리석음으로 하루하루를 살았기에 당
신은 나에게 희미했고 기억하지 못했다.

진지하게 돌아보지 못한 우리의 인연에 대해 사과를 하고 싶다. 당

신은 잊었을 테고, 어쩌면 그때의 나를 기억조차 못 할 것이고 혹 기억한다고 해도 그 정도 사소함을 품을 수 있는 큰 사람이 되었으므로 왜 그런 것을 사과하냐고 물을 수도 있겠다. 또 한 번 변명을 하자면 미욱함에 진가를 몰랐던 나에게 보내는 반성이다.

우연히 낯선 도시에서 불현듯 마주친 후 떨림으로 다가온 당신을 마음에 담으며 나는 꼬박 일주일을 미열 속에서 앓았다. 유독 하얀 얼굴과 까만 눈동자를 보았을 때 못난 자아와 자존감이 나를 쉴 새 없이 찔러 나는 마음이 아파 울었다. 그때 진지하게 대해 주지 못했던 시간에 대한 후회가 깊이 남아 울었다. 또 시간이 지난후 이 순간을 후회하는 어리석은 사람이 되고 싶지 않아서 눈물로 당신과 나를 적셨다.

당신이 반듯하게 서 있는 지금의 모습과 앞으로 다가올 꿈과 미래를 이제는 마음을 다해 진지하게 바라봐 주고 싶었다. 삶의 나무 가지마다 열매를 맺은 모습을 진심으로 함께 기뻐해 주고 싶었다. 오랜 시간을 아울러 우리가 눈이 마주친 어느 겨울날, 봄이 오듯 당신이 내 삶으로 스며들어 꽃망울을 터트리는데 마음의 거리가 아득하게 느껴진 이유는 이제 당신은 내가 감히 바라보며 마음을 줄 수 없을 만큼 너무도 찬란하게 빛나기 때문이었다.

/

돌아가고 싶은 날들의 풍경

돌아가고 싶은 날들의 풍경이 있다.
그 속에는 고장 난 심장을 뛰게 하는 당신이라는 존재가 늘 있다.
사진처럼 장면으로 남아 지워지지 않는 인생의 짙은 향기를 품은
풍경.
다시는 돌릴 수 없는 시간임을 알기에 미치도록 가슴 시린 풍경.
오늘처럼 그 시간이 그리워지면 온몸이 시큰거리는 풍경.

오랫동안 꿈꿔 온 새로운 만남도 분명 그리워지게 될 테고
우리가 단지 그 풍경 속에 남게 될 것 같은 예감이 들지만
가늠할 수 없는 많은 시간이 흐르면 분명 나를 끌고 갈
고된 인생을 지탱할 또 다른 그리운 풍경이 될 것이다.
그것으로 감사하자.
당신이 그렇게 내 인생에 남겨 준 풍경을 감사하자.

/

쓸쓸함의 이유

수백 권의 책을 읽어도 쓸쓸함에서 벗어날 수 없었다.
코끝에 맴도는 그 향기가 여전히 가슴을 아리게 만들었다.
추억할 수 있도록 사진 한 장 남겨둘 걸…….

언젠가 내게 스페인에 꼭 가자고 했던 언니.
표현하지 못하는 가슴속의 불을
정열의 나라 스페인에서 대리만족하고 싶었나 보다.
좋은 것도 싫은 것도 특별히 내색하지 않는 그런 언니가,
스페인에 가자고 했을 때는 아주 많이 가고 싶다는 뜻이었겠지.

스물 몇 살의 나는,
언니에게 스페인에 가는 티켓을 줄 수 없어 참 쓸쓸했는데,
서른 몇 살의 나는,
스페인에 가는 티켓은 줄 수 있지만 언니가 없어 더 쓸쓸한 날이다.

/

3일은 나에게 휴가를

언니의 세계에 들어갈 수 없는 나에게 절망이 찾아 왔다.
오래도록 무척이나 그리웠다.
그립다는 문장을 썼다가 지웠다.
남아 있는 자에게만 허락된 심장에 파고드는 그리움을
언니는 알지 못할 거라 생각했다.

어젯밤에 비가 왔다.
해마다 언니가 떠나던 날이 다가올 때는 항상 비가 내렸다.
날짜를 잊고 있다가 벼락치고 돌풍이 불면
언니가 떠난 날이 다가오는구나 직감으로 알았다.
날짜를 일부러 손꼽아 세지 않는다.

하루하루 손가락 접어가며 세는 날짜는 더 이상 의미가 없었다.
시간을 곱씹어 상처를 만들고 싶지 않았다.

몇 해 전인가는 비바람이 불지 않았다.
한 달여간이 지나서야 언니가 떠난 날짜를 기억해 냈다.
어떤 아픔이나 그리움 없이 일상을 보낸 달이었다.
그래서 알았다.
그립다거나 마음이 아프다는 건
일부러 끄집어내어 의식하기 때문이라는 것을.
의식하지 않는다면 언니는 영원히 지워질 것이다.
그래서 나는 언니를 잊고 싶지 않아
1년의 362일쯤 일부러 기억에서 끄집어내려 한다.
심장이 아프게 의식하며 살아가려 한다.
그러나 3일은 나에게 휴가를.

분명 너였는데

창문을 열어 두고 깜빡 잠이 들었던가?
짙은 매화 향기가 폐까지 들어차서
가슴이 시려
눈물이 고여
눈이 떠졌어.

쏟아지는 햇살을 등지고 네가 창밖에서
환하게 웃으며
나를 바라보며
사라져.

나를 바라보던 너는 온데간데없이 자취를 감추고
심장이 아려
눈물이 고여
눈을 감았어.

매화 향기는 너였던가?
네가 다녀간 자취의 흔적이
나무 끝에 남아 떠나지 못하고
꽃망울로 맺힌 건가?
너였는데,
분명 너였는데.

/

통증들

떠나는 당신을 무기력하게 지켜만 봐야 했던 나 자신 때문에 내 심장은 때로는 감당하기 힘들 만큼 뜨거워졌다.
너무 뜨거워서 많이 아픈 나는 조금 차가워지고 싶었다. 그 심장을 높이 매달아 두고 온몸의 피가 차가워질 때쯤 한 번씩 바라보고 싶었다.
당신과 내가 만든 추억을 좀 더 차갑게 바라볼 수 있다면 좋겠다고 생각했다.

당신이 곁에 있어도
당신이 사라져도
끝나지 않을
해결되지 않을
치유되지 않을
통증들…….

빨리 눈이 내리면 좋겠다

바보처럼 당신이 떠난 계절 속에 갇혀 있는 나에게
시간은……
사람들은……
그만 그 계절 속에서 헤매라고 한다.
아직도 눈을 감으면 이렇듯 선명한데…….

시간은 멈추지 않고 또 흐르고
계절은 지나고 또 오고
이별을 하고 또 만남이 있지만
결코 같은 시간, 같은 계절이 오지 않듯
다시 올 수 없는 그 모든 순간을
온몸으로 사랑할 수 있을까?
만일 당신을 놓아준다면 나는 좀 더 자유롭게
모든 순간을 더 사랑할 수 있을까?
빨리 눈이 내리면 좋겠다.

빈혈 앓는 여름에 갇혀 함께 빈혈을 앓고 있는 나의 삶도, 나의 사랑도 이젠 눈 내리는 풍경 속 당신에게로 갔으면 좋겠다.

〈은하철도 999〉의 메텔 공주 모자랑 똑같은 샤프카를 들고 미소 짓던, 샤프카를 참 좋아했던 당신이 있는 풍경 속에서는 지금 앓고 있는 여름의 빈혈을 떨쳐버릴 수 있을 거 같다.

참, 어지러운 삶과 사랑의 빈혈.

/

너와는 함께 가지 않을 것이다

한 계절이 지나가는 골목에서 비가 내렸다.
잊힌 것이 아니라 잊기 위해 저만치 미뤄 둔 것이었으므로
계절의 변화 속에서도 너의 기억은 또렷이 남아있다.

너와 들어가고 싶은 풍경이 있다.
해가 지는 도나우강
금빛으로 반짝이는 윤슬을 바라보는 너의 왼쪽 얼굴
물결을 닮은 머리카락
고요 속에서 찰랑거리는 도나우강 물소리
세체니 다리 위로 지나가는 자동차 소리
미세하게 들리는 너의 숨소리
아무 말 없어도 너와 나는 최고의 풍경일 것이다.

숨이 막히게 아름다운 이곳을 너와는 함께 가지 않을 것이다.
아름다운 곳을 생각할 때마다 너를 떠올려야 하는 아픈 곳으로
남기고 싶지 않기 때문에 단지 오래도록 상상 속의 소망으로 남
겨둘 것이다.

도나우강이 흐르는 세체니 다리는
나의 꿈속에서 영원히 아름다운 곳이어야 한다.

/

존재 in 부재

따스한 햇볕을 쬐며 많은 사람 틈바구니에 있어도
외롭다는 생각이 드는 건
이렇게 맑은 날 환하게 웃을 수 없는 건
내 안에 당신이 없기 때문이다.

온종일 감옥에 갇힌 듯 고단해진 몸을 실은
기차 안 창밖 어둠 속으로 모습을 감추는
현란한 도시의 불빛들이
이토록 차갑게 느껴지는 건
내 곁에 당신이 없기 때문이다.

모든 생각을 사로잡고 마음을 헤집어 놓는
닿지 않는 당신만이 있기 때문이다.

/

밤 비행기

밤 비행기는 마법처럼 시간을 거슬러 가게 한다.
오늘 밤 마법의 비행기는 시차에 시차를 더해
지구를 수십 바퀴 돌아 우리가 함께했던 그 시간 속으로
나를 데려다줄 것이다.
별빛과 달빛을 가득 담은 시간을 거슬러 가는 밤 비행기는
반드시 나를 데려다줄 것이다.
그러면 나는 그곳에서 영원히 머물고 싶어지겠지.
그곳에는 근심 걱정 없이 환하게 웃는 네가 있을 테니까.
그런 너를 바라보는 나는 내내 행복할 것이므로.

/

서로가 견디는 방식

늦은 시간 엄마의 전화를 받았다.
홀로 먼 여행을 떠나는 나의 안부가 걱정되었으리라.

어떤 특별한 말을 남긴 것은 아니지만 평소 자주 전화를 하지 않던 엄마가 내가 떠나기 전날, 이 늦은 시간에 전화를 걸어온 것만으로도 어떤 말을 하고 싶은지, 어떤 걱정을 하고 있는지 뼛속까지 느껴졌다.

30초도 채우지 못하는 우리의 대화는 항상 끊어진 전화를 보며 홀로 울게 만든다. 내가 흘린 눈물보다 더 많은 눈물을 흘렸을 엄마에게 나는 한 번도 위로의 말을 건네지 못했다.
마치 서로에게 금기시하는 무언의 약속처럼.

나는 이렇게라도 발버둥 치며 그날을, 그 시간을 잊기 위해 노력했고 그 기억을 극복하기 위해 허우적거리는데, 엄마는 아무것도 하지 못한 채 그 하루하루를, 그 아픈 시간을 10년이 넘게 살아왔을 것을 생각하니 한쪽 가슴이 미어진다.

'엄마가 걱정하는 일은 또다시 일어나지 않을 거야.'
안심시키는 말을 건네고 싶었고 나 자신도 믿고 싶었다. 그것을 극복하기 위해 떠나는 거니까. 하지만 공항에 도착하기 전 청심환 하나는 사 먹어야겠다.

/

노을 지는 저녁

당신은 스쳐 지나가는 바람이었나?
흩날리는 꽃향기였나?
스쳐 지나가는 바람에도 나는 마음을 베였고
흩날리는 꽃향기에도 나는 취했지.
당신과 머물던 공기조차 놓치기 싫어서
당신과 머물던 시간을 손끝까지 느끼고 싶어서
그림자에 입맞춤을 남겨두고
몰래 홀로 꺼내 보리라 생각했지.
당신은 기억조차 못 하겠지만
나에게는 전부였던 노을 지는 저녁.

/

Wipe out

하늘의 문을 간절히 두드려 본 사람은 알 것이다.
닦달해 보고 소리쳐보고 두드리던 손이 피범벅 되는 아픔 속에서 포기한 듯 끊어진 미세한 숨소리.
그러나 끝내 포기하지 못하는 한 줄기 희망.
빌어보고 엎드려 울고 창자가 밖으로 쏟아져 나오는 고통 속에서 신음하는 숨소리.
그러나 끝내 포기하지 못하는 한 줄기 희망.
내려앉은 검은 우주 속으로 빨려 들어갈 것 같이 하늘의 문을 두드려 본 사람은 알 것이다.
눈물을 닦아 준다는 것의 의미를.

/

당신을 진심으로 용서한다

'책임감' 없는 사랑을 남긴 언니를 오래도록 미워했다.

'책임감' 없이 제멋대로 세상을 떠난 언니를 그리워하며 아프게 살아야 했던 한 여인의 삶이 기구해서 저주했다.

미움이 쌓이면 자신을 괴롭히고 영혼을 갉아먹어 스스로 파멸되기에 혹자는 용서는 자신을 위해서 하는 것이라고 한다.

상처나 아픔은 누구에게나 고통스럽지만, 영원한 것은 없으므로 시간이라는 위대한 힘의 능력으로 이해하고 용서할 수 있게 될 거라고 믿었다.

미워했던 상대가 영원한 고통을 받게 되는 죗값을 치른다고 생각하면 측은해지고 곧 그 끝이 오기를 바라는 마음도 생길 것이라고 믿었다.

죽도록 미워하다 결국은 측은하게 여기는 것이 용서일지도 모른다고 생각했다. 하지만 용서의 끝은 기억에서 아예 지워버리는 일이라고 또 생각했다.

언니가 어떤 죗값을 치르는지 관심이 없는 것.
언니의 고통에 어떤 감흥도 없는 것.
그래서 끝이 오기를 바랄 수 없는 마음.
나는 언니를 용서한다.
언니의 존재를 기억에서 지운 채 살아간다.

내 생애에서 만난 적도 없고 어떤 의미도 될 수 없으며 어떤 추억
도 없다. 미워하려고 해도 미워할 언니는 무無이다.
언니를 진심으로 용서한다.
우리는 영원한 무의 사이가 된다.
정말 언니를 그렇게 '기억에서 지워버리는 용서'를 하고 싶었다.

/

안녕, 부디 행복하시라. 당신

네가 여행을 하다 스쳐 갔을 도시 호텔에 머물렀다. 14억이 사는 나라의 작은 도시 귀퉁이에서 너를 만난다는 건 기적에 가까운 일일 것이다. 하지만 이른 아침 눈을 뜨자마자 생각한다는 건 내 마음에 네가 자리했기 때문이겠지.

높은 층수의 최신식 시설과 고급 수영장을 갖춘 호텔임에도 커튼을 젖혔을 때 눈에 들어온 것은 황량한 도시의 그림자뿐이었다. 새로운 건물을 짓느라 곳곳에 세워진 철골은 처량한 뼈대처럼 축 처져있고, 갓 조성해 놓은 인공 호수를 품은 공원의 나무들은 누구에게 손바닥만한 그늘도 내어 줄 수 없는 앙상한 가지뿐이었다.

게다가 새벽 여명이 가시지 않은 이른 아침에 장맛비처럼 질척거리는 비가 내리고, 나는 너의 생각에 질척거림으로 하루를 시작한다. 이 아침 너를 생각하는 일은 나에게 맞지 않는 옷을 입은 듯 불편하다. 화려하게 올라가는 높은 건물들의 속도에 맞춰 발전하는 신흥도시처럼 황량하다.

나는 더 이상 이곳에 머물고 싶지 않다. 최신식 수영장을 갖춘 5성급 호텔은 내게 평안함을 주지 못했다. 고가의 조식도 들지 않고 바로 짐을 싸리라.

안녕, 부디 행복하시라. 당신.

수국의 꽃말: 진심·냉정·무정

흐드러지게 피었던 수국을 보며 너를 생각했다.
몇 주, 길어야 한 달 꽃을 피워 낸 후 말라 죽었다.

당신들도 그랬다.
한철 아름답게 피워 내고 떠났다.
곁에 머물던 짧은 시간 진심이었을 테지만
함께 지낸 시간을 뒤로 아무렇지 않게 훌쩍 떠나는
당신들이 냉정하다고 생각했다.

너도 잠시 머물다 떠났다.
또다시 피어나는 수국을 보며 너를 생각한다.
너는 함께한 시간 진심이었을까?
너는 떠나는 시간 무정했을까?

수국아, 죽. 지. 마. 라. 이번에는
내년에 또 피. 어. 나. 라.

/

수레바퀴

인생의 수레바퀴가 크고 작은 것의 차이일 뿐
다시는 만나지 못할 것 같은 사람도 반드시 만나게 되고
시간은 돌고 돈다는 말을 믿고 싶다.
만나고 헤어지는 것의 고통에서 벗어날 수 있도록
어리석게 시간의 노예가 되지 말고 시간의 순환을 이해하고 싶다.

내 것이 아니어도, 곁에 머물지 않아도
혹여 생의 마지막까지 다시 만나지 못해도
각자가 있어야 할 자리로 돌아가 현재를 잘 살아내고 있다면
서로 충분히 행복해질 것이다.

오늘 밤도 우리는
있어야 할 그곳에서
각자의 시간을 잘 견뎌낼 수 있기를…….

/

간극을 채우는 일

당신이 살아온 세계와 내가 살아온 세계
그 간극의 세월을 채우기 위한 몸부림
일생을 살아가며 마주치는 짧은 몇 시간
그 간극에서 빛이 나는 순간
간직하고 버려야 할 것들의 구분
홀로 기다려야 하는 것과 함께 채워야 하는 것
1년, 한 시간 때로는 단 몇 초의 간극을 두고 살아가는 우리
그 간극으로 스쳐 지나가는 당신

길 위에서 | 세번째 이야기

구멍 뚫린 심장으로 찬 바람이 부는 날이면
산이고 강이고 낯선 도시고
낮이고 밤이고 새벽이고 걷고 또 걸었다.
그렇게 걸으면서 인생에 대해 생각했다.
그러다 어느 날 알게 되었다.
보잘것없어 보이고 아무것 아닌 것 같으나
원래는 값지고 위대한 것이 우리 인생이라는 것을……
모래알처럼 나 자신이 작고 초라해
내 남은 생애를 지켜 준 그 큰 사랑에
나는 또 온몸으로 절규했다.

홀로 지독한 어둠의 터널 속에 갇힌 것 같아

원망하고 분노하던 어리석음에서

나약한 존재라는 열등감에서 벗어나

이제는 자유로워지고 싶었다.

더 이상 비 내리는 밤을 두려워하지 않고 강해지고 싶었다.

그러자 스스로 쌓아 올린 어둠의 터널이 무너지기 시작했다.

다른 사람들도 슬픔의 벽에 갇혀 신음하고 있음이 보였다.

/

시간 여행자

시간이 모든 것을 해결해 준다는 소문을 들었다. 아직 해결 받을 만큼 인생을 살지 못했고 시간 여행의 중간쯤이라 그 소문을 확신할 순 없다. 그래도 시간 속으로 계속 여행할 것이다.

시간 여행을 하는 동안 나는 그 소문에 대한 답을 찾아낼 것이다. 마음에 뚫린 구멍을 메우는 법과 찬란함이 사라지지 않도록 잡아 두는 법, 심장이 시큰거리지 않는 법을 말이다.

시간 여행의 종착역에서 발견하게 되더라도 포기하지 않고 용기를 가지고 뚜벅뚜벅 걷고 걸을 것이다.

누구를 만나 속내를 드러내 보인다고
마음에 뚫린 구멍이 메워지지 않으므로
오히려 상대는 부담스러움에 멀어져 갔으므로
아름다운 것들로 채운다고 채워지지 않으므로
찬란함은 나를 더욱 초라하게 만들고 시큰거리게 만듦으로
나는 걷고 또 걸을 것이다.

/

어른이 되어 간다는 것은

어른이 되어 간다는 것은 더 많은 것을 담아야 하기에
마음의 깊이를 더 깊게 파야 하고
뾰족뾰족 아픈 것들도 견뎌야 하기에
신음조차 내지 않아야 한다.
쌓아온 인격과 주변 사람들을 더 세우기 위해
눈물겨운 사랑도 때로는 흘려보내며 가슴에 묻어야 하고
내 생각도, 나 자신도 때로는 버려야 하고
배려, 용서, 수용의 방을 더욱 넓혀
더 많은 이를 그 마음 방에 거하게 해야 한다.

하지만, 나는 가끔
상처받고 고통 속에서 떨며 울고 있는 내 안의 어린아이에게만
말을 걸고 싶을 때가 있다.
사람들에게 '어른답지 못하다'는 손가락질을 받기도 하지만 내 안
에서 울고 있는 어린아이를 위해 이기적이고 싶다.

어른이 되어가는 것에 대한 발버둥, 적어도 인간관계에서만은 자로 재고 계산하고 필터를 통해 상대를 바라보지 않겠다. 아무리 나이가 들고 세상이 각박해지고 순수한 마음으로 상대를 대하는 것이 어리석은 일이라고 해도 사랑에 대한 가치만 생각하고 싶다.

가끔 사람들의 시선이 따가울 때면 가슴이 덜컥거리곤 하겠지만.

/

누구나 자신의 십자가를 지고 산다

상대의 이야기를 충분히 공감하고 있다는 표현으로 눈을 마주 보고 고개를 끄덕였다.
이야기가 끝날 무렵 책이나 읽고 글을 쓰는 사람도 인생의 고민이 있냐는 물음에 살짝 미소를 보이는 것으로 답했다.
너무나 당황스러운 물음이었기에 순간 할 말을 찾지 못했다.
글이 잘 써지지 않는 고민이야 험한 인생 살지 않고 고상한 삶을 살기에 하는 풍요로운 고민이라고, 얼굴만 보아도 고생하나 모르고 편하게 살았을 테니 얼마나 감사한 일이냐고 홀로 결론까지 내며 이야기를 마무리하는 상대의 눈을 더는 마주할 수 없어 테이블 위의 커피잔으로 시선을 옮겼다.
흔들림 없이 잔잔해 보이는 모든 것 속에 말할 수 없는 아픔과 비밀 하나쯤 품고 있다는 것을 나보다 나이가 많아 보이는 상대는 알지 못하는 듯했다. 자신의 아픈 과거와 신세 한탄을 쏟아 놓으며 나에게 위로를 받고 싶었는지도 모르겠다.

고요함은 처음부터 깊어진 것이 아닐 텐데…… 수많은 소용돌이
와 거센 파도가 지나간 후에야 더욱 빛나고 견디다 못해 쓰러져
가는 이들에게 위로가 되는 것임을 상대는 알지 못하는 듯했다.
그러니 질문에 어떤 답변을 하기보다 침묵하는 것. 묵묵하게 있
어야 할 곳에 있는 것으로 대신하는 것. 그것이 내가 할 일이라고
커피를 들어 한 모금 마시며 생각했을 뿐이었다.

당신은 절대 알 수 없는 이야기.
얀 네포무츠키가 침묵으로 지켜 낸 왕비의 고해성사처럼.

*St. John of Nepomuk(성 얀 네포무츠키):
  왕비의 고해성사 비밀을 목숨을 걸고 지켜 내기 위해
  혀가 뽑히고 강물에 던져졌다.

/

신은 정말 인간의 모든 절망을 이해하실까?

세상은 신을 잃었고 또 잊었다.

그래서 세상은 점점 어둠 속으로 잠겨간다.

아홉 살 아이를 두고 인질극을 벌이던 그는

얼마큼의 절망을 맛보았기에 그런 선택을 했을까?

그로 인해 공포 속에서 떨던 한 아이와 그 아이의 엄마는

또 얼마나 깊은 절망을 경험해야 했을까?

딸의 병을 고치기 위해 자신의 모든 자존심도 내려놓고

손을 내밀던 어떤 이가 도움의 손길을 받기도 전에

딸의 사망 소식을 듣고 느꼈을 깊은 절망.

지구에 살아가는 사람들 누구에게나

심장을 짓누르는 절망 하나씩.

세상은 신을 완전히 잃었고 또 잊은 게 분명하다.

깊은 어둠 속에서도 희망의 빛 한 줄기 비출 수 있기를

당신과 내가 꿈꾸고 바라는 세상이 또 한 걸음 멀어져갔다.

나의 절망도 더 깊어졌다.

신은 정말 인간의 모든 절망을 이해하실까?

/

당신의 마음을 엿보고 싶었어

소금에 절인 듯이 아픈 심장을 온몸으로 껴안고
오늘 하루를 휘청거리며 견뎌냈지.
아무리 나이를 먹어도 여전히
삶도
사람도
사랑도
모든 것이 어렵게만 느껴져서 서럽게 울기만 했어.
당신의 마음을 엿보고 싶었어.
힘겨운 하루를 살아내면서 가슴이 저린지
나처럼 모든 것이 어렵게만 느껴지는지
보여 달라고
우리가 어쩌면 같은 빛깔을 가졌는지도 모른다고
조금은 떼를 부리고도 싶었어.
하지만 이상 속의 당신이 깨어질까 두려워서
목구멍까지 차오른 말들을
뱃속 깊이 꾸역꾸역 눌러놓고

차오르는 눈물을 들킬까 두려워서

떨어지지 않는 무거운 발걸음을 거슬러 뒤돌아서야 했지.

주저하는 내게

현실 속의 당신이 손을 내밀어

이상과 현실을 오갈 수 있는

다리를 만들어 주면 좋겠다.

/

기도

나의 욕심만 채우지 않고
누군가를 위한 소원을 빌고 싶었지.
하지만,
내 안의 당신 없이는 단 하루도 숨을 쉴 수 없는 나는
당신이 내 안에서 사라지는 순간
가식과 허영의 가면을 쓴 나와 마주하게 되었고
먼지만도 못한 존재라는 걸 알게 되었어.
내가 누군가를 위해 소원을 빈다는 사실조차 부끄러워서
할 수 있는 것은 침묵뿐이었어.
침묵으로 이룰 수 있는 일이 더 많아지면 좋겠어.
그렇다면 나는 오래도록 침묵하는 법을 배우겠어.

/

그래서 부다페스트의 밤은 아름답다

부다페스트의 밤은 우울한 파랑이었다.

우울한 파랑이라 함은 아주 두껍고 무거워 모든 희망을 덮어버

리고 흔적조차 남기지 않을 것 같은 느낌이 든다는 뜻이다.

깜빡 잠이 들었다가 서걱거리는 소리에 눈을 떴다.

새벽 4시.

호텔 방안은 적막했고 끝까지 쳐지지 못한 커튼 사이로 우울한 파랑 빛이 스며들었다.

커튼을 젖히고 창문을 열었다. 서걱거리며 우는 바람과 가로등 불빛에 쏟아지는 눈발을 확인할 수 있었다.

우울한 파랑 하늘

우울한 주황 가로등

쌓여가는 우울한 하양 눈

바람이 서글픈 소리로 울자 바닥에 쌓이려던 눈은 사방으로 흩어졌다.

우울한 파랑 하늘과 우울한 주황 가로등 속에서 하양은 은빛으로 반짝거렸다.

바람이 깊은 동굴에서 울리듯, 서러운 울음을 뱉어 낼 때마다 하양은 은빛 가루가 되어 퍼져나갔다.

구슬픈 바람의 울음소리를 들으며 잠이 들었다가 아침에 눈을 뜨고 창문을 열었을 때 부다페스트의 아침은 밝은 파랑이었다.

내 안의 깊은 곳에서도 바람이 서럽게 울어대면 은빛 가루가 날릴 것이다.

우울한 파랑 대신 아름다운 파랑을 내일 아침에 볼 수 있겠지.

서러운 것들이 울고 울어 반짝이는 빛으로 승화되는,

그래서 부다페스트의 밤은 아름답다.

/

다시 날기 위해 발을 내디딜 용기

지난밤 자유롭게 하늘을 나는 꿈을 꾸었어.

그동안 나를 붙잡던 두려움과 걱정을 떨쳐버리고

마음껏 하늘을 날았어.

처음에는 사실 조금 두려웠지만

나를 향해 웃어 주던 너의 미소가 용기를 갖게 했던 거 같아.

부족한 나를, 다듬어지지 않은 나를

온전히 받아 주는 너의 미소가.

물론 하늘을 날았다고 내가 이루려던 꿈과 희망을

다 성취한 것은 아니라는 걸 알아.

언제 떨어질지도 모른다는 불안감과 지난번의 실패들은

내 마음을 계속 불안하게 만들고 있으니까.

그래도 그런 것들이 두렵다고 다시 날아 보려는

시도조차 하지 않는 것은 참 어리석은 일이라는 걸 알았지.

떨어져 구르고 상처를 입게 되더라도

다시 날기 위해 발을 내디딜 용기,

나에게는 그게 필요했던 거야.

우리가 바라는 소망이 있는 그곳으로 가는 길이 있다고,

눈이 부시도록 아름다운 사랑으로 나가는 길이 반드시 있다고,

두근거리고, 벅차게 만들고, 때로는 잠들지 못하게 만드는

가슴속에 살아 숨 쉬는 감정들의 정체가 드러나도록 말이야.

분명, 우리의 인생을 더 따뜻하고 포근하게 해줄 거야.

그렇지?

/

내 안에 있는가? 내 밖에 있는가?

현관문과 집안의 모든 창문을 꼭꼭 걸어 잠그고 날이 새도록 눈을 뜨고 지키고 있었다. 자신을 해할 것들이 잠든 밤에 도적같이 찾아올 거라는 두려움에 창문의 작은 틈까지도 헌 옷으로 틀어막고 수차례 침대에 누웠다 일어났다를 반복했다.

혹여 잠금쇠가 느슨해졌거나 틈이 보일라치면 마음은 더 불안해졌다. 새벽이 동터 오를 무렵에는 아예 자리를 박차고 일어나 어서 태양이 떠올라 밝은 아침이 되기를 바랐다. 그리고 세수를 하고 불안에 떨어야 하는 밤은 지나갔다는 한숨 놓인 마음으로 새벽을 맞이할 준비를 했다.

밤새 불안에 떨 때마다 자신을 안정시키고자 사탕발림으로 귓가에 속삭이며 의지하게 만들던 그가 다가와 새로운 날을 맞이하기 위해 준비하는 자신에게 친절한 미소를 띠었다. 환한 웃음 속에 삶을 갉아먹는 독을 묻혀놓고 날카롭고 희번덕거리는 면도날을 수건 안쪽 깊이 숨겨 둔 채 세면도구와 수건을 건넸다.

밤새 두려움에 떨게 만든
자신을 죽일 진짜 적은
꼭꼭 걸어 잠근 집안에
함께 있었음을
까마득하게 알지 못한 채.

/

진심으로 응원하고 있다고

꿈은 스페인의 어느 길거리에서 정열의 춤을 맨발로 추는 것이라고 부러움의 시간인 20대를 살아가던 그녀가 당돌하게 말했다. 장미보다 더 붉은 열정을 가지고 당당하고 거침없이 말하는 눈빛은 생명 그 자체였다.

스페인에 가고 싶어 했던 언니의 모습이 그녀에게서 순간 스쳤다. 터무니없고 놀랍지만, 누구나 한 번쯤 꿈속에서 그려 보는 이상을 거침없이 말하고 사람들을 끌어당기는 시원한 웃음을 짓던 그녀는 사실 언니와 하나도 닮지 않았다.

당차게 말하는 그녀처럼 언니도 터무니없는 이상을 입 밖으로 꺼낼 수 있었다면 영원히 사라지지도 않고, 불꽃 속에서도 잠들지 않아도 되었을까?

부디 맹렬하게 타는 불꽃에서 걸어 나와 의연하게 스페인을 향해 뚜벅뚜벅 걸어가라.

가슴에서 뜨거운 눈물을 서글프게 쏟아내야 살 수 있는 이들이 모두 광장으로 나와 정열의 춤을 추는 생명력 넘치는 축제를 응원한다.

눈물겨운 사연을 품을 수 있는 여유와 활력이 넘치는 그곳.
언니가 살다간 나이만큼의 시간이 흘렀을 때 나는 아끼고 아껴두
었던 그곳으로 날아갈 것이다.
세비야의 오래된 골목을 헤매다가 무명작가의 작은 그림 하나를
사고, 에스파냐 광장으로 나오면 그곳에서 그날의 언니만큼 나이
를 먹은 복숭앗빛 수줍은 미소를 간직한 채 플라멩코를 추는 한
아가씨와 조우하리라. 그런 그녀와 혹 눈을 마주치게 된다면 가
슴속 꿈을 진심으로 응원하고 있다고, 정성을 다해 온화한 미소
로 답해 주리라.

/

나의 이상은

찌는 듯한 더위에 반항이라도 하듯
뙤약볕 아래 한참을 쪼그리고 앉아 생각했다.

열정은 사그라졌고
희망은 끊어졌으며
의욕은 상실했다.
경험은 바닥났고
생각은 안일해졌으며
감성은 무뎌졌다.

마음으로 그려내는 단어 하나
문장 하나가
육신의 배를 부르게 해주면 좋으련만
현실은 그러지 못하고
이상의 꿈을 위해 하기 싫은 일을
가면을 쓰고 꾸역꾸역 오늘 하루도 해냈다.

늦은 시간 육체의 피로를 가득 담고 돌아와
서재에서 노트를 꺼내 들고 펜을 들어
한 글자라도 새겨 놓자 다짐하지만
현기증 나는 하루를 견뎌내야 하는 현실에서
영혼을 적셔줄 시원한 단어 하나 떠오르지 않는다.
내일 아침 눈을 뜨면 하루를 살아내기 위해
또 어떻게든 밥을 먹고 어떻게든 옷을 입고
꿈꾸는 이상은 슬그머니 미뤄 두고
도피처를 찾아 두리번거릴지도 모르겠다.
나라 탓도
제도 탓도
문학을 등한시하는 사회적 구조 탓도
그 누구의 탓도 아니다.
책을 읽고 글을 써야만 숨이 쉬어진다고 말하는 내가 먼저
이상을 등지고 살아버리면
또 누가 글을 읽고
글을 쓰고
글을 팔 것인가?

/

공의

길 끝에 무엇이 있는지가 중요했다.

그것이 무엇인가에 따라 살아가는 삶의 방식이 달라질 것이므로 각자의 염원이 담긴 마음으로 바라보는 것, 모두에게 '희망'이라는 단어로 포장되어 고단한 생을 지탱하게 만드는 것, 나는 그것이 좀 더 의롭고 정의로운 것이기를 간절히 바랐다.

공평과 정의를 찾을 수 없는 삶에 대한 보상 심리 같은 것이었다.

공의가 없다면 심장이 찢겨 나가는 고통을 감당해 낸 이의 눈물이 그토록 빛나고 찬란해 보일 리 없으므로

먼저 보낸 이를 그리워하는 마음과

조용히 숨죽여 어둠 속에서 떨던 마음과

오랜 시간 침묵으로 지켜 낸 진실과

절절한 사랑의 마음들이 사라지고 마는 한순간의 것이라고 하기에는 안타까우므로 이 찬란한 것들을 의로움으로 바꿔 줄 그 무엇이 반드시 있기를 간절히 바랐다.

/

그리고 꽃은 여전히 보고 싶다

꽁꽁 얼려둔 심장을 돌려받고 싶어 추운 겨울 나라로 여행을 떠났던 날,

친구에게 꽃이 보고 싶어졌다고 메시지를 보내놓고 한 시간도 되지 않아 금세 후회했다. 돌아가고 싶다는 생각은 아주 잠시였고 돌아가서의 생활에 대한 걱정이 더 크게 다가왔기 때문이다. 얼어버린 심장으로 살아가는 그곳은 늘 무기력했기에.

진짜 나 자신이 원하는 것이 무엇인지 윤곽이 드러나는 것이 아니라 더 혼란스러움에 빠지곤 했다. 그래서 심장 없이 사는 세상을 돌려받고 싶어 떠났다.

꼭 무엇을 하기보다는 주어진 시간 스스로가 할 수 있는 것을 온 힘을 다해서 하는 것.

아무것도 하고 있지 않다고 느껴져서 더딘 자신의 모습이 한심스러워 보이고 다른 이들보다 뒤처진다고 느껴져도 지금 내가 할 수 있는 아주 작은 일을 해내는 것.

느리면 느린 대로 온 힘을 다해 인생의 노를 저어 가는 것.

책이 한 줄도 읽히지 않으면 펴 놓기만 하는 것.

글이 한 줄도 써지지 않으면 종이와 펜을 들고만 있는 것.

그것이 지금 나에게 주어진 시간을 가장 값지고 최선을 다해 살아내고 있는 것임을 깨우쳐 줄 심장이 필요했다.

'멀리 떠나와서도 답답함이 가라앉지 않던 먹먹한 시절 보는 풍경마다 서러움이 북받쳐 올라왔다. 눈앞에 놓인 풍경에 공유할 길 없는 마음이 되어 서러워지곤 했다.'

변종모 작가의 글귀를 읽다가 멈추고 한참을 울었다.

그도 지금 내가 느끼는 서러움을 느꼈구나 생각하니 공감해 주는 마음 하나가 있음에 더 서러웠다. 그리고 오래도록 거리에 앉아 시간이란 참 오묘하다고 생각했다.

조바심에 견디지 못할 만큼 마음을 닦달하기도 하고 과거, 현재, 미래를 삼켜버릴 만큼 고요한 평안함으로 가슴에 스며들기도 하니까.

조금 멀리서는 자신이 벗어 둔 허물을 객관적인 눈으로 바라 볼 수 있는 여유와 평안함이 찾아온다. 자신을 객관적인 눈으로 바라보고 싶어서 사람들은 가끔 여행을 떠나나 보다. 이곳과 저곳 여덟 시간의 시차를 두고 있지만 시간이 걸어가는 속도는 같은데

한쪽에서는 8배 느린 속도로 살아간다. 그래서 반짝이는 순간을
오래 바라볼 수 있다.

다시 돌아온 한국에서의 생활은 변한 것이 없다. 작가라는 타이
틀이 참 버거운 꿈이구나 생각하고 오늘도 한 줄을 쓴다.
그리고 꽃은 여전히 보고 싶다.

꿈을 꾸다

동화작가가 되고 싶었다.

조언을 구했다.

책을 많이 읽으라 했다.

그림책만 4천여 권을 읽었다.

비싼 원서까지 사서 2천여 권을 소장했다.

황금펜아동문학 공모전 2회 낙선

한국안데르센상 공모전 3회 낙선

KB창작동화제 공모전 1회 낙선

동서문학상 아동문학 공모전 2회 낙선

창비어린이책 공모전 1회 낙선

그 외 이름도 기억나지 않는 수많은 아동문학 공모전

여러 차례 낙선.

그리고……

그리고……

그리고 나는 결국 베스트 아동문학 작가가 되었다고 적을 순 없고, 지방의 작은 공모전에서 은상을 받으며 시장으로부터 상장 수여와 꽃다발, 세금을 떼고 46만 몇천 원의 상금을 받았다.
수천 권의 그림책을 보고 수년의 습작 결과로 받은 최초의 원고 료였다.

잘 나가는 작가들 소식을 들으면 마음은 더 어두워지고 별빛도 보이지 않았다.
혼자 낙오자가 된 거 같아 외롭고 서글펐다.
그래서 오늘 하루도 나는 글쓰기를 포기하고 싶다고 수십 번 생각했다.
소장한 그림책을 다 팔아버리고 싶다고 수십 번을 생각했다.
아마 내일도 그럴 것이고 모레도 그럴 것이다.
그러면서도 꾸역꾸역 매일 밥을 먹듯, 나는 꾸역꾸역 책을 읽을 것이고 나만의 언어로 글을 써 내려갈 것이다.
그러나 내가 써 내려간 글들이 책으로 출간이 될지, 또 공모전에 당선이 될지는 모르겠다.
나에게 책을 읽고 글을 쓰는 것은 돈벌이가 아니라 생존 수단이니까.
하루 이틀 먹지 않으면 배가 고프고 계속 굶으면 숨이 끊어지듯이, 매일 최고급 레스토랑에서 먹지 못해도 어쨌든 먹어야 숨이

붙어있는 거니까.

난 매일 책을 읽고 글을 쓸 것이다.

/

너에게 있는가? 나에게 있는가?

무기력은 친한 친구처럼 자주 들러붙는다. 글을 써야 할 때 찾아오는 무기력은 반갑지 않으면서도 가끔 환영하게 된다. 삶이 어두우면 어두울수록 암흑 속에서도 카프카를 읽었다던 L을 생각하면 무기력쯤이야 호강에 겨운 것으로 생각하지만, 그런 핑계가 있어야 글을 쓰지 못하는 합당성을 찾을 테니까.

실은 쓰지 못하는 것이 아니라 잘 쓰지 못하는 것이다. 깊이 있는 한 줄, 지워지지 않는 한 줄, 가슴에 콕 박힐 한 줄, 그 명언을 찾지 못하는 것이다.

내 삶의 성찰과 생각의 깊이가 고작 그게 다니까.

무기력 따위 녀석에게 핑계를 둘러대는 수준이니까.

하얀 노트 위에 펜을 들고 문장을 쓰기 위한 시작점 하나를 찍지 못해 한참 망설였다. 너에게 쓰는, 습관처럼 굳어진 너에 대한 감정의 이용이 얼마나 유익했던가?

펜 하나로 너를 쓰던 5~6시간.

그러나 습관처럼 붙잡혀있던 감정의 지배에서 벗어나 자유를 얻

은 후에는 점 하나를 찍기 위해 공백의 하얀 종이를 바라보기만
했던 5~6시간.

그렇게 나는 끝없이 하얀 공백의 시간을 걷고 걸었고, 점점 더
무기력해졌고, 점점 작가라는 이름이 사라질지도 모른다는 불안
이 스쳤을 때, 잘나가던 작가들도 하나둘 보이지 않게 되었다. 이
름만으로도 압도당했던 그들의 존재가 그림자도 보이지 않게 되
었다.

어차피 그들이나 나나 이 세상에서 미미한 존재.

부러울 것도 없었고 이제 와서 안타까울 것도 없었다.

어차피 영원히 찬란할 것 같던 그들의 시간도

허무 속에 사라질 것을 알고 있었으니까.

그래서 나는 허무를 붙잡지 않고 영원한 무엇을 위해 더 납작 엎
드리고 숨죽이는 법을 배우며 그들과 같은 존재가 되지 않으리라
다짐했다.

때로는 조금 거룩한 척 아닌 척해야 하므로 보석을 발견하는 눈
을 상대도 갖은 줄 알았던 나의 어리석은 착각과 때로는 보이는
것이 전부인 줄 아는 그들의 회색 눈빛 때문에 나는 착한 척, 거
룩한 척 몇 마디 말을 쏟고는 그들이 판단할 나의 모습에 최고의
교만한 표정으로 살짝 비웃어 주었지.

역시나 너희가 그러면 그렇지 어리석은 안도의 한숨도 쉬었지.

어리석음의 깊이는 너에게 있는가? 나에게 있는가?
넘어짐의 앞잡이 교만은 너에게 있는가? 나에게 있는가?

J의 충고

오늘 아침 창문을 열었을 때 대한민국의 하늘도 파랑이길 바랐다. 하지만 하늘은 우울하다 못해 암울한 회색이었다.

미세먼지가 극에 달하던 지난주부터 J의 알레르기가 온몸에 퍼졌고, 일주일 동안 독한 피부병 약을 먹어도 차도는 보이지 않았다. 의사 선생님은 하루 이틀이면 잡혀야 하는데 이상하다고 했다. 음식을 조심하라고 했지만 음식이 문제가 아니라 매 순간 들이마시는 오염된 공기가 문제라고 확신했다.

창문을 열 수 없는 상황에서 날씨는 찜통처럼 더웠지만 5월의 첫째 주부터 에어컨을 켜는 것이 양심에 걸려 선풍기만 붙잡고 있었다. 에어컨을 켤 때마다 하얀 북극곰이 죽어간다고 J가 아주 슬픈 눈으로 매번 말해서 북극곰 한 마리 살린다고 생각하고 참았다.

J는 나에게 초등학교도 아니고 유치원부터 다시 다녀야 한다고 잔소리를 했다. 나의 잘못된 전화 습관 때문이었다. 인간이 살아가는 모든 기본예절은 유치원에서부터 배우는데 왜 그렇게 전화

예절이 엉망이냐는 것이다.

그래서 J에게 사실은 유치원을 다니지 않았다고 말해 주었다. 적잖이 놀라는 표정이었다. 혹시 가난했냐고 물었다. 그러고 싶지 않은데 대한민국에서는 내가 가난하다고 느낀다고 말했다.

전투기 조종사인 동생이 BMW를 새로 샀다며 시승식 드라이브를 하자고 했을 때 영화에서 보던 3D 장치가 차에 뜨는 걸 보고 내가 가난하구나 생각했다. 하지만 그는 늘 전투기 대형을 이끄는 리더의 자리에서 비행할 때마다 깊은 고독과 외로움이 몰려온다고 했다.

대한민국에서는 아이를 한 명 낳기도 어렵다는데 네 명이나 낳아 기르고 벤츠와 아우디를 번갈아 모는 친구가 나중에 자신은 취미 삼아 수입 맥주 카페를 차리고 싶다고 했다. 운영은 매니저에게 맡겨 두고 자신은 세계 여행을 다니며 맥주 시음을 할 거라는 이야기를 듣고 내가 참 가난하구나 생각했다. 하지만 그녀는 매일 아침 아이들을 챙기느라 전쟁터 같은 삶을 살고, 자신을 돌아볼 여력이 없어 여성으로서의 매력은 잃어가고, 남편과의 사이는 멀어지고, 삶은 점점 피폐해져서 우울하다고 했다.

J는 내가 전혀 가난해 보이지 않는다고 말했다. 카페도 자주 가고

책도 많이 읽고 베이스 기타 연주도 곧잘 하고 여행도 종종 즐기면서 엄청 행복하게 사는데 마음이 문제라는 것이다.

그렇게 기특한 말을 하는 J에게 이렇게 암울한 회색 공기를 마시게 할 순 없다. 마음껏 숨 쉴 수 있는 맑은 공기와 파란 하늘, 대한민국에서도 행복할 수 있다는 그 마음을 지켜 주고 싶다.

/

나이 듦에 대하여

생각이 많은 날이었다.

오래된 정겨운 집들을 허물고 수억을 들여 새로 짓는, 개성 없이 고층으로 쌓아 올린 아파트는 살고 싶은 마음이 1%도 들지 않는 곳.

한 번도 제 기능을 다 사용해 본 적도 없는데 새로운 디자인과 성능이 더해진 자동차, 노트북, 스마트폰은 1년도 채우지 못하고 신상이라는 이름하에 바꿔야만 시대에 뒤떨어지지 않는 느낌을 받는 곳.

봄, 여름, 가을, 겨울 시즌마다 거기서 거기인데 새로운 트렌드라며 쏟아져 나오는 옷과 신발을 신지 않으면 촌스러운 사람이 되는 곳.

나는 그런 이곳에서의 삶이 늘 버겁다. 늙는 게 아니라 낡아지는 게 아니라 채워지는 것, 자라는 것이며 깊어지는 것일 텐데 왜 새로운 것이라는 이름하에 버려야 하는지 아쉬웠다.

어른이 되면 무엇이든 할 수 있을 거라는 생각에 어린 시절 어른

이 되는 것에 대한 환상을 가졌었다. 하지만 어른이 된 지금 '진짜 어른'으로 살아가려면 '책임감'이 뒤따른다는 것을 알게 되었고, 그 무게가 고되어 도피하고 싶은 적이 있었다.

마음은 단단해지지 않았는데 견뎌야 하는 일도 많아졌다. '나잇값을 한다'는 게 어려운 일이라는 것을 알게 되었다. 언제부터인가 다른 이에게 나이를 말할 수 없게 되었다. 얼굴에 주름이 생기는 늙어감에 대한 부끄럼보다 마음에 주름이 생겨 나잇값 못하는 어른이 될까 봐 조심스러우니까.

어린 시절 꿈꿨던 어른은 디지털형 인간일 줄 알았는데 막상 어른이 되어보니 아날로그형 인간으로 살고 있다.

/

Butterfly

한 사람을 기다리는 것이 온 우주였던 시간이었다.
오지 않는 한 사람을 기다리며 원시 우주에 갇혀서 할 수 있는
일은 오직 기다림이었다.
수많은 꽃 중 어떤 한 송이에 나비가 앉았던 시간은 3초였다.
꽃이 피어나기까지 45억 년의 지구가 나이를 먹었고
주후 2017년 4월의 고작 며칠에 불과한 어느 봄날이었다.
공간과 시간을 넘어 아주 작은 시골 마을에서 둘이 마주친 3초
짧은 인연을 위해 온 우주를 기다리던 시간이었다.
하루가 천년이었고 천년이 하루였다.
나비가 날갯짓하던 순간
들꽃 한 송이 향기 뿜던 시간
또 다른 거대 우주가 만들어지는 역사였다.

/

시간만이 할 수 있는 위대한 일

자신의 몸을 온전히 태워야만
누군가의 길을 밝혀줄 수 있는 초처럼
온몸이 쇠줄에 긁혀대는 고통을 감수해야만
아름다운 소리를 낼 수 있는 바이올린의 활처럼
그들의 삶이 눈물겹게 아름다운 이유는
온유한 인내심 때문이라는 걸 알지만
그 온유한 인내심을 갖기란
결코 쉽지 않다는 것 또한 알지.
당신은 늘 내게 그런 존재야.
나의 고통을 연주하는 당신은
눈부시게 아름답고 찬란해.

고통과 상처를 치료할 방법은
스스로 아픔을 받아들이고
입맞춤을 기꺼이 하는 거야.

곪아서 아파야 회복의 단계로 넘어가는 것은 자연의 이치.
처방은 회복을 조금 단축해 줄지는 몰라도
오롯이 아픈 시간을 견뎌내야 하는 것.
시간만이 상처에 딱지를 만들고 붓기를 가라앉힐 수 있어.
시간만이 할 수 있는 위대한 일.
시간이 우리에게 주는 선물.

/

Be strong

네가 강해지길 바라는 마음에 했던 말들이, 순수한 마음을 가진
네가 지옥처럼 험한 세상을 살면서 마음이 다치고 상처가 나서
울게 될 네가 안타까워서 했던 나의 말들이,

강해져야 한다고 지금보다 더 많이 울고 아파할 일이 생길 거라
고, 몇십 년 더 살아온 삶의 지혜와 지식이라고 조금만 지나면
곧 알게 될 거라고, 때가 되면 지금 내가 하는 말들을 이해하게
될 거라고, 내가 가진 기준과 잣대로 바라본 세상에서 너는 꼭
강한 사람이 되어야 한다고,

어쩌면 너의 세상은 평생 강해질 필요가 없을지도 모르는데, 순
수한 마음이 영원히 변치 않고 간직될 수 있는 너의 눈으로 바라
보는 세상은 다를 수도 있는데,

강한 척했던 나는,

너의 세상에서 가장 나약하고 비열한 존재일지도 모르겠다.

/

창문을 만드는 일

아침에 눈을 뜨고 들었던 첫 번째 생각은 '달아나버릴까'였다.

작은 창문 하나 만들고 세상과 소통하는 것이 어렵다. 굳게 닫힌 틈으로 빛줄기 하나 들어오는 것도 부담스러운 시간이었다. 꼭꼭 막아버리고 모두 잠든 새벽에나 눈을 떠서 창문 밖 세상에서 일어나는 일들을 상상해 보곤 했다.

고작 손바닥만한 창문 한껏 열어젖히고 당신들이 사는 세상에서 함께 숨 쉬고 싶다고 생각해 보지만 이내 돌려버렸다.

당신과 나의 딱 그만큼의 간격

당신의 창문으로 바라보는 나는 어떤 사람일까 생각해 보니 아는 것이 하나도 없겠구나.

창문을 열어 인사 한번 건넨 적 없고 이름조차 가르쳐 준 적 없으므로 당신이 나에게로부터 멀리 있는 것이 아니라 내가 당신으로부터 멀리 있는 거구나.

점보다 작은 인간들이 벌이는
우스운 이야기들
서럽고 슬픈 이야기들
절망적인 이야기들
조금만 시선을 높은 곳에 두면 얼마나 어리석고 무지하고 작은
존재인가 금방 알 수 있을 텐데.

다행이다. 용케 달아나지 않고 세상으로 뛰어드는, 제대로 도착
하는 기차를 탔다. 이곳에서 나는 또 작은 점이 되어 어떤 이야
기를 만들까?

/

지구 불시착 42번 게이트

프랑크푸르트공항 42번 게이트 로비에 두고 온 스마트폰 배터리와 충전기가 일주일이 지난 후에야 생각났다. 모든 게 어설프다. 항상 한참 후에 홀로 앉아 생각하다 놓친 것들을 떠올린다. 모임에서 만난 작가분의 명함을 며칠이 지나서 가방을 정리하다가 발견했다. 연락처를 못 받았다고 아쉬워하고 있었는데. 이틀 동안 진행되는 작은 행사에서 만난 사람과 함께 웃고 커피를 마시고 행사장 거리를 걸었는데 그의 이름을 알게 된 것은 이틀이 지난 뒤였다.

나는 지구에서의 생활이 많이 불편하다. 그들의 언어를 잘 이해하지 못해 소통되지 않고 인간관계에 적응하는 데 어려움을 느낀다. 지구에 불시착해서 어떤 것도 제대로 준비되지 못한 상태라고 생각하기로 했다.

나 말고 준비되지 않은 어설픈 모습으로 지구에 불시착한 다른 이가 분명 있다고 믿고 싶다.

지구 불시착하신 분 42번 게이트에서 만나요!

잠시 안녕 | 네 번째 이야기

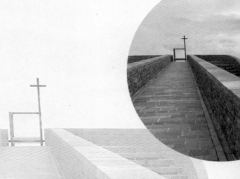

너무 뻔한 이야기지만 뻔하지 않은 이유는 모든 사람의 이야기이기 때문이다. 깊은 절망의 늪에서만 들을 수 있고, 희망이 없다고 느껴질 때만 볼 수 있는 모든 사람 가슴에 하나씩 묻어둔 사무치는 사랑 이야기. 지구에서 살아가는 사람들 누구나 하나씩 가지고 있는 심장을 짓누르는 절망의 이야기. 그 절망이 빛나는 별이 되어 삶을 이끌어 줄 수 있기를……

시간과 공간을 뛰어넘어 앞서간 영겁의 친구들이 나의 길이 되어 주었듯, 남들보다 먼저 가는 내가 아직 슬픔의 벽 속에 갇혀 있는 이들에게 길이 되어 주고 싶다. 이 땅 위에는 길이 없지만 한 사람 먼저 가고 또 한 사람이 걸어가면 그것이 곧 길이 되듯이 누군가에게 우리도 그렇게 길이 되어 주면 좋겠다.

소망하고 바라는 것은 보이는 것이 아니라
보이지 않는 영원의 것이므로

놓쳐버린 소중한 것을

미처 깨닫지 못한 감사를

다시 만나지 못할 아름다운 것을 간직할 때

가장 낮은 곳에서

가장 어두운 곳에서

가장 멀고 깊은 곳에서

가슴속 절망들은 세상을 밝히는 사랑으로

기적처럼 피어날 것이다.

그리고 결국,

우리가 바라는 소망이 있는 그곳으로 가는 길이 있다고

눈이 부시도록 아름다운 사랑으로 나가는 길이 반드시 있다고

반짝이는 별이 되어 우리를 인도해 줄 것이다.

/

엄마 냄새

너는 가끔 나에게서 엄마 냄새가 난다고 했어.
"엄마 냄새? 이상한 냄새야? 지독한 냄새야?"
"아니, 엄마 냄새. 마음이 몽실몽실해지는 엄마 냄새."

그게 어떤 건지 가르쳐 줄 사람?
몸의 온도를 높여 주는 난로 같은 건가?

엄마 냄새라고 말하는 너의 목소리와 얼굴이
뜨거워지고 있잖아.
너의 눈에 뜨거운 수증기가 서리잖아.

/

낙화

사람에게는 기댈 수 없어서 홀로 숲을 찾았다.
세상 사는 일이 다 그렇겠지만
한 번씩 마음에 폭풍이 몰아치면 주체할 수 없었다.

숲에서 마주친 너도 파르르 떨고 있었다.
아, 나보다 더 작고 약한 것도
저리 살고자 몸부림치는구나!
서러운 것들이 꽃으로 피어 무게를 견디지 못했다.
고작 며칠을 화려하게 보내고
시든 꽃잎은 더 애틋하고 아찔하게 달려 있었다.
바람이 불었다.
지구의 중력을 이기지 못하고 뎅강 너의 목이 꺾였다.
그제야 너는 불어오는 바람에
가벼워진 몸을 맡기고 자유롭게 춤을 추었다.

186

/

시선

온통 어둠과 절망이라 느낄 때
나를 바라보는 따뜻한 시선이 있네
당신의 눈빛이 있네
고통 가운데 신음하며 떠는 내 영혼
나를 바라보는 안타까운 시선이 있네
당신의 눈빛이 있네

그 눈빛 너무도 따사로워
모든 것 포기한 내 마음을 사로잡네
그 눈빛 너무도 애처로워
일어서지 못하는 나를 일으키네

고통 속에 떨며 절망하는 나에게
한 시선이 말을 하네
아프면 아파해도 괜찮아
슬프면 소리 내어 울어도 괜찮아
모든 것 다 아는 그 눈빛
그 사랑의 눈빛
흔들림 없이 내 마음을 위로하고 만지네
흔들림 없이 나를 일으켜 세우고 지키네

/

단지 웃었을 뿐인데

난 상처 받았지만 행복해
난 가난하지만 친절하고
난 길을 잃었지만 희망이 있어
결국에는 모든 게 잘 될 거라는 걸 믿으니까
두근거리는 심장으로 함께 할 시간을 기대하니까

조금은 서툴러도 부족해도
꾸미지 않은 솔직한 모습 그대로를 보여 주는 것
환하게 웃으면서 지친 너에게 손을 내밀어 잡아 주는 것
아픈 너를 묵묵히 바라보며 따뜻하게 응원해 주는 것
오해를 받아도 그냥 내 마음이 너를 많이 좋아하는 것을
숨기지 않고 표현해 주는 것

이런 것들이 분명 함께 가는 이 길을
더 기쁘고 행복하게 만들어 줄 거라 믿으니까
우리를 더 빛나게 해주고 지켜줄 희망이라고 기대하니까

세상이 좀 더 아름다워진 거 같지 않아?
단지 우리가 웃었을 뿐인데

/

네 잘못이 아니야!

생을 마지막으로 정리하던 그가 그렇게도 듣고 싶던 말
'네 잘못이 아니야!'
항상 상대가 떠나버린 후에 깨닫게 되는 말
'네 잘못이 아니야!'
모든 것이 자신의 탓만 같다던 내가 그토록 듣고 싶던 말
'네 잘못이 아니야!'
미안해서 숨죽여 울었던 내가 간절하게 듣고 싶던 말
'네 잘못이 아니야!'
마음에 늘 담고 살지만 사랑하는 이에게 표현해 주지 못한 우리
가 듣고 싶던 말
'네 잘못이 아니야!'
너에게, 나에게 오늘 한 번씩 외쳐 주자
'네 잘못이 아니야!'

가끔은 건강한 자아를 가졌다고 자부하는 내게도 한순간 끼어드는 생각이 있다. 그런 생각은 너무 강렬해서 순식간에 마음을 사로잡고 건강한 생각들을 야금야금 갉아먹기에 늘 경계해야 한다.
'네 잘못이 아니야!'
그 강력한 악의 고리를 끊어버리자.
'네 잘못이 아니야!'
지금부터 너와 나 다시 시작해 보자.
그가 마지막 생을 정리하며 우리에게 남겨 준 교훈일지도 모른다.

/

너의 눈을 빌려줘

처음 설레는 마음으로 만나는 만남보다 두 번째 만남은 서로의 관계를 더욱 친근하고 포근하게 만들어 주고, 마음이 한 뼘 더 가까워진다고 충분히 느낄 수 있다. 아무리 작은 만남도 이어가기 위해서는 마음을 다스리는 연습을 하게 되니까.
상대가 거하는 곳을 천천히 둘러볼 마음의 여유가 생기면 작은 것 하나 놓치고 싶지 않아 마음에 꾹꾹 눌러 담았었다.

네가 매일 앉는 자리에서 고개를 들어 정면에 있는 책꽂이를 보며 어떤 제목의 책이 있는지, 어떤 신비로운 단어들로 만들어진 제목들이 너의 눈을 사로잡고 마음을 흔들었는지 생각한다.
네가 매일 만나는 사람들의 웃음소리와 정겨운 우정을 엿보고 싶고, 해가 지고 난 후 책방을 밝히는 노란 전등 아래 포근함과 늦어진 시간 찾아온 고요와 상대의 숨소리마저 들릴 것 같은 경이로운 침묵의 순간도 그려 본다.
네가 떠나게 될 여행의 안전을 기원하고, 네가 바라보게 될 풍경과 마주하게 될 사람들을 그려 본다.

사람의 마음에 무엇을 담고 있느냐에 따라 그가 바라볼 세상이
달라질 것이므로 마음에 아름다운 것이 가득하길…… 특히 '연
민'의 마음이 가득하길 바란다.
연민의 사전적 의미는 남을 불쌍히 여기고 가련히 여기는 마음이
다. 상대의 아픈 마음을 함께 아파해 주는 마음이다. 이러한 연
민이야말로 사람과 사람의 마음을 이어 주는 사랑이 아닐까?

'무관심한 채로 멀리 또 가까이 있겠다.'
네가 보내온 글의 마지막 글귀가 며칠 동안 맴돌았다. 처음에는
말로 표현할 수 없는 서운한 감정이 들었지만 이내 어리석음이었
음을 알았다.
아, 어쩌면 이토록 탁월하고 배려 깊은 말인가…….
네 글귀에서 숨은 의미를 읽어냈다. 어떤 관계에서도 노력이 필요
하다는 말을 너는 하고 싶었던 거다. 참으로 든든하고 사랑스러
운 너의 다짐이었다.
너무 가까이 다가가 상대를 찌르지 않는 것 너무 멀어서 상대가
외롭거나 지치지 않게 하는 것. 너는 내가 그렇게 갖고 싶던 인생
의 통찰력을 가졌구나. 조금 부럽기도 하고 그런 이가 내 친구여
서 감사하다.

/

마음을 열고 또 다른 우주를 맞이하길

상처들로 굳게 닫힌 당신의 마음을 살짝 엿본 적이 있어.
세상을 살면서 한 가지 알아가고 있다면
누구나 다 크고 작은 상처를 받으며 살아간다는 거지.

어떤 상처도 그 무게를 객관적으로 잴 수는 없다고 생각을 했어.
그때 어두운 방에서 홀로 울던 굳게 닫힌 마음의 무게는
얼마나 깊었을까 짐작만 할 뿐이야.

부서지고 닳고 쓸려나가면 결국 영롱한 빛으로
또 다른 우주가 탄생할 거야.
부디 마음을 열고 온몸으로 그 우주를 맞이하길……

/

지금을 사는 너에게

아팠던 과거는 어디에서 와서 어디로 가는지 모르는
바람에 실어 보내고
좌절의 눈물도 바람에 날려 보내고
이제, 허락된 특별한 시간을 누려 보렴.
너의 지금, 이 순간은 아팠던 상처와 눈물이 있었기에
누릴 수 있는 축복.

버리고 싶던, 지우고 싶던 그 시간을 이제 끌어안고
맨발로 가시밭길 걷게 하고 눈물의 골짜기 헤매게 한 것.
지금 너에게 이 특별한 시간을 허락하기 위함이었으니
아팠던 상처들 위에 인생의 성숙이 더해지고
앞으로 다가올 너의 무한한 미래도 새롭게 만들고
이제, 그 특별한 시간을 누려 보렴.

같이 바라볼 수 있다면

그가 곧 떠난다고 했다.

자신의 도움을 조금이라도 필요로 하는 곳이라면 세상 끝까지 가겠다고 했다.

약품 리스트를 만들고, 오래 걸을 신발을 사고, 네팔로 가는 비행기 티켓을 편도로 샀다고 했다.

모든 것을 잃은 그들 앞에서 눈물을 보이지 않을 준비를 한다는 그를 보며 나는 또 울었다.

그곳의 아이들에게 단지 책이 아니라 미래를 주기 위해 일흔셋의 아버지와 가파른 산을 올랐을 그를 생각하니 가슴이 미어졌다.

지진으로 무너져 내린 것은 단지 건물 잔해가 아니었다. 아이들의 미래와 꿈과 희망이 무너졌다.

런던, 프라하 또는 파리와 같은 좀 더 낭만적인 곳에서 그녀와 안락한 삶을 살 수도 있었다. 하지만 자신을 필요로 하는 아이들의 눈망울을 읽을 수 있었던 그는 차마 외면할 수 없어 그녀를 단념해야 하는 잔인한 운명을 받아들였다.

나도 언젠가 당신에게 물었다.
내가 바라보는 세상, 그곳으로 함께 갈 수 있냐고.
몇 초간의 침묵이 흘렀고, 쓸쓸해졌다.
당신이 포기하지 못하는 것이 많다는 것을 알기에,
나 또한 버릴 수 없는 것이 너무 많다는 것을 알기에.

아이들이 꽉 들어찬 교실에서 음악을 들으며 마음껏 책을 읽고,
희망이 넘치는 웃음소리를 들으며 환하게 미소 짓는 모습을 그려
보았다.
책이 곁에 있을 때 결코 외롭지 않다는 것을, 깊은 절망 속에서도
희망의 빛을 찾아낼 수 있다는 것을 아이들에게 가르쳐 주고 싶
었다.
나 또한 책을 읽으며 무너진 삶과 아프고 어두운 순간을 극복할
수 있었고 꿈을 꾸었기에, 더 나은 곳으로 내 눈이 바라보는 세
상을 만들고 싶었다.

내가 바라보는 아름다운 세상을
당신이 곁에서 같이 바라볼 수 있다면…….

사랑의 가치

34도가 넘는 길에서 만난 너는
낯선 나를 주저 없이 수레에 태워 주고
답례를 하고 싶다는 언어를 이해했는지
수줍게 웃으며 손가락으로 내 귀를 가리켰어.

몇 초간 몸짓 언어를 이해 못하다가
이내 너의 귀를 보고 깨달았지.
너는 내 귀에 달랑달랑 매달린
싸구려 귀걸이가 갖고 싶었던 거야.
솔직히 더 큰 요구를 했어도 충분히 들어줄 수 있었는데
너의 마음은 온통 귀걸이에 빼앗겼던 거 같아.

사실 미안한 마음이 더 커졌어.
진짜 금으로 만들어진 귀걸이가 주머니 속에 있었는데

네가 원하는 건 고작 지하상가에서 몇천 원 주고 산
오래된 싸구려 귀걸이라니.
그가 선물한 주머니 속 반짝이는 황금 귀걸이는
그 무게보다 더 무겁게 내 마음을 짓눌렀어.
반짝이는 그의 사랑이 무겁게 느껴졌거든.

귀걸이를 빼내어 너의 까맣게 그을린 손바닥에 올려주자
너는 마치 세상을 다 가진 듯 웃으며
몇 번이나 고개를 숙여 나에게 감사의 표시를 했지.
왜 네가 더 고마워해야 하는 건지 좀 쓸쓸해졌어.

너의 언어를 이해하지 못했지만
너의 미소와 깊은 눈동자는
기쁨과 감사와 행복의 가치는 내면에서 만드는 거라고
말하는 거 같았어.
주머니 속에 넣은 손이 금귀걸이를 만지작거리며
살짝 부끄러워졌지.

당신의 사랑이 가치가 없다고 말하려는 게 아니야.
값비싼 보석이 우리의 사랑을 빛나게 해줄 수 없다는 거야.
우리 내면에서 솟아나는 빛이 아무리 싸구려 보석이라도
더 반짝이게 한다는 걸 깨달았을 뿐이야.

/

믿음, 신뢰

아이가 대여섯 살이었을 때는 엄마가 하는 일을 짐작으로 알 듯했다. 그러나 한 해 한 해 지날수록 정확하게 알 수 없게 되어갔다. 서로 대화가 없으니 당연한 일이었다.

따뜻함으로 밝혀져야 할 명절 전날 저녁, 이불을 뒤집어쓰고 온갖 생각에 사로잡혔다. 아직 돌아오지 않은 엄마가 걱정되어 볼을 타고 내리는 눈물은 양옆 베갯잇을 적셨고 걱정이 이내 원망으로 바뀐 아이는 자신도 모르게 잠들었다.

눈이 떠진 깜깜한 새벽 5시 그럴 리가 없다고 생각하면서도 엄마가 혹 영영 돌아오지 않으면 어쩌나 걱정이 되어 녹아 들어가는 심장을 부여잡고 신에게 기도도 해보았다. 진심으로 믿는 믿음에서라기보다 주변에는 실오라기 같은 의지할 것이 없었으므로 비워진 자신의 삶에 들어온 실타래 같은 희망을 붙잡으려는 본능이었을 것이다. 어떤 큰 신앙의 기적도 아니고 밑바닥에 버려진 삶에서 처절하게 붙잡으려는 본능이었을 것이다.

엄마가 자신을 버리고 도망가지는 않았을 거라고, 혹여나 사고가 난 것도 아닐 거라고 스스로 다독였다. 지난밤 9시쯤 걸어본 수화기 너머 두어 번 울리고 꺼진 신호음에 심장이 철렁거리던 것은 바쁜 와중에 전화를 받지 못하는 엄마의 안타까움이 더 컸기 때문이다. 새벽 5시에는 아예 배터리가 다 되었는지 전화는 음성사서함으로 넘어갔다. 하루를 꼬박 걱정과 두려움에 떨다 지친 아이는 잠들 것이다.

몇 시간 후 명절 아침 아이는 다시 눈을 뜰 것이고 언제 돌아왔는지 모를 엄마는 부엌에서 달그락거리며 떡국을 끓일 것이다.

엄마는 아이가 곤히 잠든 모습을 보며 밤새 아이가 느꼈을 가슴을 짓누르던 걱정보다 더 큰 걱정을 내려놓고 피곤함도 잊은 채 한숨 붙이지 못한 눈과 퉁퉁 부은 몸으로 아침을 준비할 것이다. 아이는 울다 지쳐 잠든 후 아침에 눈을 떴을 때, 엄마는 늦은 시간까지 일하고 지친 몸을 이끌고 집으로 돌아왔을 때 서로가 있어야 할 자리에 안전하게 있어 줄 거라는 믿음만이 그들의 삶을 이어가는 원동력이 될 것이다.

진짜 싫은데

노란 조명이 비추는 테이블 위로 포개진 너의 손을 바라보고 있었지. 너는 골똘히 무언가 생각하느라 의식하지 못하더라.

햇볕에 조금 그을린 손등에 가지런히 정돈된 손톱이 무척 귀엽게 느껴진 거 같아. 그래서 나도 모르게 피식 웃고 말았어.

너하고 있으면 점점 즐거워지는 거 같아. 네가 대접해 주는 저녁을 먹으며 너는 나에게 육의 양식을 주니 나는 너에게 영의 양식을 줄 수 있으면 좋겠다고 말한 거 같아.

아무것도 부족함이 없어 보이는 너이지만 영혼은 조금 쓸쓸해 보여서 내가 너에게 해줄 수 있는 것은 그것밖에 없다는 생각이 들었거든.

반짝반짝 빛나는 너를 내 생애에 함께하고 싶어서 용기를 내 너의 삶에 내가 먼저 뛰어들었지만 점점 다가갈수록 불안한 것도 사실이야.

누군가를 마음에 담는다는 것은 가슴 한편을 내어 주어야 한다는 것을 잘 알기에, 많은 시간 너를 생각해야 하고, 그리워해야 하고, 바라봐야 한다는 것을 잘 알기에······.

그런 거 진짜 싫은데…….

너처럼 냉철한 이성이 필요하지만, 내 감성을 너에게 전이 시켜 버리면 좋겠다고 생각했어. 그러면 네가 그리움의 시간이 얼마나 힘겨운 시간인지 조금은 알 수도 있을 것만 같았거든.
네가 우리는 오래 보고 만나는 사이가 되었으면 좋겠다고 말했을 때, 그 말을 정말 믿고 싶었어. 대부분의 사람은 그 약속을 지키지 않았으니까.

고개를 들어 너의 까만 눈동자를 빤히 바라보며
나보다 먼저 죽지 말라는
뜬금없이 들렸을, 농담처럼 들렸을 그 말이
나에게는 꽤나 심각한 말이었고 진심 어린 말이었는데
넌 꿈에도 생각하지 못했겠지.
누군가를 먼저 보내는 게 심장이 얼마나 저린 일인지……
네가 부디 나보다 먼저 등을 보이는 일이 없기를……
너를 먼저 보내고 또다시 그 아픈 시간을 견뎌낼 자신이
나는 없으니까.

/

그림자

세상에 첫발을 내딛자 길게 길게 자라
닿고자 하는 곳이 정확히 어딘지도 모르면서 욕망이 불탔다.
많은 것을 담을수록 짧아져 갔다.

열정적인 젊은 날은 가장 뜨거웠으나
회의가 찾아올 정도로 짧아졌다.
곧 방향을 종잡을 수 없게 아예 사라져버렸다.

모든 시간을 다 내어 주고 얻은
인생이 뜻처럼 되지 않는다는 교훈을
가슴에 새길 수 있게 되었을 때
사라졌던 것들이 조금씩 모습을 드러냈다.
그저 한 뼘 한 뼘 자라는 것만으로도 가슴이 벅차 왔다.
욕망은 사라지고 감사가 찾아 왔다.

그제야 세상을 향해 점점 길어지더니
온 세상을 완전히 감싸고 스며들어
하나가 되어 사라져 버렸다.

/

당신과 나도 그럴까?

마트료시카
자작나무 숲
하얗게 부서지는 변하지 않은 풍경
당신과 나도 그럴까?

유독 외로움을 많이 탔던 나를 저녁 식사에 초대해 준 당신.

나보다 나이도 훨씬 많고 존경받을 만큼 사회적 지위도 높았지만, 당신도 나처럼 참 외로운 사람이라는 걸 알았기에 우리는 친구가 되었지.

먼 타국 땅에서 단지 같은 색의 피부와 눈동자를 가진 것만으로도 우리는 우정을 키우기 위한 충분한 조건이라 여겼던 거야.

당신 집에 들어섰을 때 은은한 조명 아래 오밀조밀 늘어선 마트료시카가 내 눈을 사로잡았어.

당신은 할머니한테 배운 한국말을 아직도 기억하고 있다며 자랑스럽게 "안녕하세요. 감사합니다"를 어색하게 재잘대고는 어린아이처럼 즐거워했고, 나는 어쭙잖은 "하라쇼"를 남발하며 키득거리며 즐거워했지.

다시 돌아갈 수 없는 많은 시간이 흐르고, 당신과 다시 만날 날을 기약할 수 없게 되었지만……

마트료시카, 자작나무 숲, 하얗게 부서지는 풍경.

그 속에서 당신과 나는 여전히 있을 거야.

/

너의 손을 잡아 주길 원한다고

바람이 불었으면 좋겠다.
너는 거기, 나는 여기
같은 꿈을 꾸고
같은 시간을 살아가고
네가 쓰러지려 할 때
포기하고 싶어질 때
너의 손을 잡아 주길 원한다고
지구 반대편 멀리서도 함께하고 있다고
우리가 앓던 바람이 너에게 알려주면 좋겠다.
너의 부드러운 머릿결을 쓰다듬어 주고
귓가에 속삭여 주고
온몸을 감싸서 전해 주길
나와 함께 앓았던 공기가 바람이 되어
너에게 알려주면 좋겠다.
너는 거기, 나는 여기
같은 시간을 살아가는 우리.

/

친구에게

'좋아하다' 유의어에 '즐거워하다, 반가워하다, 아끼다, 기뻐하다'
가 있고, 반의어에 '슬퍼하다, 미워하다'가 있어.
그런데 '슬퍼하다'와 '미워하다'는 반의어가 아닌 유의어에 들어가
야 한다고 생각해. 좋아하는 사람과 함께 있으면 즐겁고 기쁘지
만 때로는 슬프기도 하고 미운 마음이 들기도 하니까.

며칠 동안 좋아하는 누군가로 인해 많이 슬펐어.
무언가 계속 오해하고 있다고 생각해서 미운 마음이 들었어.
어디서부터 풀어야 하는지 몰라 숨어 버렸어.
있잖아……
부담스러운 마음이 아니라 그냥 묵묵하게 바라봐 줄래.
내가 홀로 잘 견디고 일어설 수 있도록.
아무것도 해주지 않아도 괜찮아.
네게 보내놓은 문자에 답변조차도 말이야.

누군가를 좋아하는 것은 복잡한 감정이 뒤섞일 수밖에 없으므로
오해와 미운 마음이 언제든 또 기쁜 마음으로 바뀔 수도 있다고
생각하며 한결 가벼워진 마음으로 네 앞에 곧 서게 될 거야.

／

Under the moonlight

미국 서부 해안 도로를 36시간 운전하며 달렸다고 했다. 물론 여
행 중은 아니고 사업상 출장이었지만, 36시간이 넘도록 차를 몰
고 달리던 시간은 온전히 너의 것이었으므로 네가 느끼던 숨 막
히는 아름다움은 너만이 간직할 수 있는 시간이었다. 인간이 만
든 소리는 없고 온전히 창조주가 만든 자연들이 밤의 주인이 되
고 그들의 속삭임이 노래가 되는 시간. 높이 뜬 달을 보며 너는
Travis의 〈Under the moonlight〉를 50여 번쯤 반복 재생하며 들
었다고 했다.

달의 세계에 초대되어 달리는 시간. 아주 신비로운 가루가 네게
뿌려졌을 것이다. 말랑한 감성을 늘 딱딱한 이성에 숨기고 사는
너에게 달빛 가루가 철컹하고 너의 감성의 자물쇠를 열었으리라.

"하늘의 모든 별이 내게로 쏟아져 내리는 것만 같았어. 세상에서
내가 아는 어떤 단어로 설명해야 네가 이해할 수 있을까?"

"단어로는 설명할 수 없겠지만 상상이 가는걸."

자물쇠가 열리던 순간을 어떻게 표현해야 하는지 모르겠다고 나
에게 대신 문학적 표현을 해줄 수 있냐고 물었다.

사실 나도 자신이 없다. 그 신비로운 순간을 어떻게 글 따위로 표현할 수 있을까?

밤공기는 감정을 지배하는 힘이 있으므로 너의 입술을 열기에 충분했을 것이다. 별로 수다스럽지 않은 네가 그렇게 많은 고백을 쏟아낸 밤은 달이 높게 떠서 머리 위로 충분히 마법의 가루를 뿌리고 있었으므로 마음에 감춰둔 것을 숨김없이 말한 것은 놀라운 일이 아닐 것이다.

군 복무를 마치기 한 달 정도 남기고 잠시 벤치에 앉아 햇살을 쐬며 휴식을 취하던 너는 수년 동안 옥죄게 하던 얼굴이 더는 그려지지 않았다고 했다.

젊은 날의 시간을 고통스럽게 만들던 얼굴이 어떻게 생겼는지 그려지지 않게 되자 눈물도 더는 흐르지 않게 되었다고 했다. 그 얼굴이 더는 그려지지 않게 된 일은 고통에서 구원해줄 축복이었을까?

그 사람으로 상처받았던 시간보다 더 깊은 어둠의 시간을 보내게 되었을 거로 생각한다.

떨리지 않는 심장으로, 메마른 감정으로, 눈물이 말라버린 눈동자로 바라보는 세상은 아름답지 않을 것이다.

사소한 것에서 울렁이는 심장과 덜컥거리는 가슴 통증과 어기적

어기적 올라와 목에 걸리다 기어코 울컥하고 쏟아지는 눈물 없이
살아야 하는 세상은 빛나지 않을 것이다.

너의 행복을 바라지 않는다

별을 찾아 나서는 이들 중 하나일 거라는 생각에 너의 편이 되어 주겠다고 다짐했던 건, 그림을 진지하게 바라보던 옆모습을 보며 상상과 현실 그 중간쯤에서 너도 나처럼 별을 보았을 것으로 생각했기 때문이다. 캔버스 뒤에 적어 건넨 '당신 참 좋은 사람이야'라는 글귀가 그때 너의 가슴에 새겨졌는지 모르겠다. 그 순간 너는 나에게 정말 좋은 사람이었으므로. 하지만 그 글귀가 여전히 유효한지 모르겠다. 네가 좋은 사람인지 확인하기에는 우리의 거리가 너무 멀어졌으므로.

시간이 없다며 네가 나를 가끔 혼란스럽게 하는 것은 일부러 그런 것이 아니라 마음이 없기 때문이었다. 메마른 도시에서 견뎌 내야 했던 시간만큼 너는 마음의 별들을 하나씩 잃어갔는지도 모른다. 조금 슬프지만 이해할 수 있었다.

팔리지 않는 그림들이 공원 한쪽 구석에 펼쳐진, 네가 자주 머물던 그 도시에서 온종일 뙤약볕 아래 갇혀 있었다. 지나가는 사람들은 흘낏 곁눈질만 할 뿐 좀처럼 발걸음을 멈추고 천천히 들여다보진 않았다. 간혹 한두 사람이 걸음을 멈췄지만 그들 역시 오래 머물진 않았다. 진심으로 마음을 다해 그림들이 하는 이야기에 귀 기울이는 사람은 없었다. 팔리지 않는 그림들을 작가는 원망하지 않았다. 네가 머물던 도시 사람들도 너처럼 메마른 사람들이었다. 이 도시로 온 후 왜 네가 그토록 차갑게 변했는지 조금이해할 수 있었다. 지나가는 사람들을 말없이 지켜보며 이 중에나와 인연의 끈이 연결된 사람이 몇이나 될까 생각했다. 너와는분명 끈이 연결되어 있다고 생각했는데 너무도 쉽게 끊어진 관계를 보니 우리 사이에는 고작 몇 개의 점만 찍혀 있었나 보다.

네가 바쁘다고 메시지를 보낸 시간 나는 늦은 저녁 도시를 가르는 강가에 앉아 물결 위로 비친 화려하고 높은 건물들의 빛이 춤추는 것을 보았다. 네가 바라보고 느꼈을 풍경, 사람, 바람, 불빛을 생각했다. 너는 꿈에도 모를 시간을 그리워하며 견뎌냈다. 너와 나는 그렇게 다른 시간을 살아냈다.
어쩌면 그날 아침, 내가 탔던 공항 철도에 너도 몸을 실었는지 모른다. 나는 차가운 네게 더 다가가기 위해 이 도시로 왔고 너는나로부터 더 멀어지기 위해 이 도시를 떠났을 것이다. 마지막으로네가 떠나며 적어도 잘 지내라는 메시지를 보냈다면 여전히 너는나에게 좋은 사람으로 새겨졌을지 모르나 지금은 잘 모르겠다.더 많은 시간이 지나 봐야 알 일이다.

더 큰 세상을 찾겠다며 떠난 그곳에서 너는 행복해졌을까?

/

기도 2

마음이 조금 더 단단해지기를 무수히 많은 날 엎드려 기도했다.
가장 어두운 곳의 삶을 경험한 네가 그토록 환한 웃음을 지을
수 있다니…….
세상에는 내가 감히 알 수도 볼 수도 느낄 수도 없는 것이 있다
는 것을 깨닫게 되자 마음이 단단해지는 일 따위에 울며 기도한
내가 아직도 어리고 어리다고 생각했다.
그래서 다시 눈물이 났다.

밤이면 오색 불빛이 현란하게 물들던 도시는 불꽃 축제의 절정처
럼 화려했다.
그곳에서 너를 생각하는 나의 마음도 화려했다.
폭죽처럼 터지는 마음으로 너를 위해 기도했다.

/

작별을 고하는 방식

네가 잠시 떠난다고 하던 날 배웅을 하고 싶다고 했어.
'잠시'라는 말에도 나는 작별을 고하기 싫어 붙잡아 두고 싶었지.

이제 나는 아주 긴 시간 너를 떠나보내게 되었어.
그러나 이번에는 배웅하고 싶다는 말을 하지 못했어.
'아주 긴 시간' 진짜 떠나보내야 했고
마음으로부터도 보내줘야 했어.
진짜 떠나보낼 때가 되었다고 자각한 것을
굳이 입으로 확인하는 말을 하고 싶지 않았어.

새벽 2시 잠들지 못하는 시간 너는 자주 운다고 했어.
네가 울지 않기를 바라지는 않아.
울다 지쳐 잠들어도 새벽은 어둠을 걷어 내고
빛이 스며들 테니까.

너의 가는 길이 평탄하기만 바라지 않아.
우리 인생이 평탄하지만은 않다는 것을 아는 나이가 되었으니까.
많이 울고 많이 아파서 더 단단한 네가 되기를 바랄게.

서로를 그려 보는 시간

P는 노란색 편지 봉투를 건네받고 떨리는 마음으로 편지를 뜯었을 것이다. 그렇게 생각한 이유는 당신이 돌려보낸 답장에서 느껴졌기 때문이다.

글을 쓰는 사람의 모습과 생활이 어떨지 따스한 햇볕이 드는 서재에서 잠시 그려봤다고 했다. 나는 카페 창가에 앉아 그날 서재 한 귀퉁이에서 편지를 읽는 P를 그려 보았다. 우리는 그렇게 글을 통해 서로의 모습을 그렸고 쓰인 문자 속에서 상대의 마음을 읽었다.

P는 무척 무덤덤하지만 자상한 사람이었다. 무덤덤하게 포장한 따뜻함에 그의 주변 사람들은 매료되었다. P는 특별한 매력을 가지지 않았으므로 매력적이었다. 외모가 뛰어나 첫인상이 강하게 박히거나, 언변이 뛰어나 단번에 상대의 마음을 사로잡거나, 유머와 매너가 넘쳐 기억에 각인되는 그런 매력이라고는 눈곱만큼도 없었으므로 충분히 매력적이었다.

P는 살아온 세월만큼 인생에 대해 고찰하는 깊이와 짙은 농도의 글솜씨를 갖고 있었다. 그것은 앞서 나열한 매력들보다 더 훌륭하

고 압도하는 것이므로 마음을 들여다보는 사람들에게는 그것이 전부일 때가 있으므로 무척이나 매력적이었다. 글을 쓰고, 인생의 통찰력을 사모하는 사람에게는 그것이 전부일 때가 있으므로 P는 매력적이었다.

그날 P의 하루가 노란 봉투로 환해졌고, 그가 보낸 답장이 우체통에 놓일 때마다 내 인생의 한 부분이 환해졌다. 우리는 10년 후, 20년 후 떠올릴 행복한 기억을 만들었으므로, 상자에 차곡차곡 쌓여가는 편지 봉투만큼 미소 지을 일이 차곡차곡 쌓였으므로, 나의 인생에 차곡차곡 쌓이는 행복한 파장이었으므로 충분히 매력적이었다.

/

글이란 그런 것이니까

하늘에서 별 잔치가 벌어진다고 했던 밤 당신은 가게 문을 닫고 집으로 향하는 대신 작은 동산에 올랐을 것이다. 나처럼 사람들이 북적거리는 것을 좋아하지 않는 당신이라면 당연히 그랬을 것이다. 사람들이 북적거리지 않는 장소를 찾는 것이 천만이 넘는 도시에서 물론 어려운 일이겠지만 그 정도면 충분했다.

쏟아지는 별을 꼭 봐야 한다는 마음이 강했기 때문에 약간의 밝음과 약간의 사람들 소리는 참을 만했다.

보통 젊은이들처럼 쏟아지는 별을 보며 낭만을 꿈꾸기에는 마음의 여유가 없었는지 모르나 일부러 시간을 내어 인파를 뚫고 동산에 오르는 수고를 마다하지 않은 이유는 내가 써 내려간 글 속의 한 줄 때문이었다. 별이 쏟아질 때 온몸이 아팠다는, 온몸의 구멍이 열리는 오열을 해야 했다는, 한 사람의 인생이 찢겨 그 에너지가 별로 쏟아져 내렸다고 써 내려간 내 고통이 어떤 건지 백만 분의 일만큼이라도 알고 싶어졌기 때문일 것이다.

내가 당신의 가슴을 아프게 찌른 게 아니라 글이, 단어가, 어휘가 심장을 후벼팠기 때문이다.

글이란 그런 것이니까.

그리고 나는 그런 글을 쓰길 간절히 바랐으니까.

/

나의 마음이 그렇게 자랐기를

10년 후 또는 몇십 년 후 '안녕'하고 불현듯 인사를 건네도
어제 만났던 것처럼.
지구 거의 꼭대기에서 마주쳐도
어제 집 앞에 바래다주고 오던 길처럼.
그러니까…… 형편없던 모습들은
시간 여행이 펼쳐놓은 길게 이어진 길에다 버려두고
날마다 마음이 자랐기를.

　언니 안녕?

이토록 아름다운 풍경 속에
함께 있어 주길 바라는 그리운 이들도
지금 나를 떠올리며
미소로 잔잔한 마음의 파문을 일으키고 있을까?
내가 사랑했던 사람들
나를 사랑했던 사람들.

안녕? 안녕!

지금 내가 바라보고 있는 세상

이 풍경 속에 그대가 있어 준다면······.

그 사람을 어떻게 잃어버렸는지 이야기를 해주면 사람들은 가끔 나를 측은하게 여기곤 했다. 잃어버린 과정이 너무나 끔찍하고 혹독해서 심장에 상처가 크게 났다는 것쯤 공감하고 이해하려고 애썼다. 내면 깊은 곳의 상처는 반드시 '치유' 받아야 한다며 자신들의 치료법을 권고해 주고 나보다 나를 더 걱정하며 위로해 주려고 애썼다.

그 사람이 내 안에 살았던 아픈 기억을 치유 받아야 합니까? 나는 신에게 물었다.

나는 오래도록 그 사람을 기억하고 싶다. 상처를 긁어 피가 흘러도 계속 기억하고 싶다. 그것은 내가 살아가는 원동력이 되기 때문이다. 그런 의미에서 그들이 말하는 '치유'의 의미를 잘 알지 못한다. 그 사람을 잊어버리라는 말처럼 느껴져서 그 말이 마음에 들지 않는다.

그 후로 나는 사람들에게 그 사람에 대해 이야기를 해본 적이 없다. 혼자 삭히며 글로 썼다. 어떤 사람들이 내 글을 읽고 그리워하는 사람이 누구냐고 매번 물었다. 나는 대답하지 않았다. 사람들 마음에 그리운 이를 한 명씩 가지고 산다는 것을 알기에 글을 읽는 이들로 하여금 그리운 이들을 떠올리도록 그들의 몫으로 남겨두고 싶었다. 처음으로 내 안에 있던 그 사람을 세상 밖으로 꺼내 놓는다. 함께했던 인생 절반의 시간과 추억이 심장에 박혀 찌르고 때로는 너무 아프고 시려 숨도 쉬어지지 않는다. 추억을 빼내는 순간 삶의 의미를 잃을 것만 같다. 그 사람을 또 잃어버릴 것만 같다.

나는 여전히 삶도 사랑도 사람도 막막하고 어렵다고 노트에 쓴다. 글자의 나열이, 삶의 나열이 쓰고 또 쓰여 지고 고치고 또 고쳐보고 마음이 너덜너덜 해져도 나는 한 뼘도 자라지 못했고, 나아지지 않았다. 어릴 때 아파하던 것들이 어른이 되어서도 여전히 아프고 그때는 알지 못했던 것들을 지금은 더 잘 알게 되어 더 많이 울고 더 많이 아프다. 과연 나는 나아지고 있는 걸까?
어린 시절 우리는 매일 성장하고 변했을 것이다. 매일 함께한 시간 속에서의 변화는 눈치채지 못했지만 시간이 정지된 후에 우리의 변화는 크게 느껴졌다. 그 사람은 멈춘 시간 속에 갇혀 있고 나는 점점 그 시간으로부터 떨어져 나와 우리의 거리는 멀어져간다. 그 사람이 생을 마감한 시간보다 나는 더 많은 나이를 먹었다.

'눈에서 멀어지면 마음에서 멀어진다'는 평범한 명언 따위에 우리의 인생이 지배되도록 허락하고 싶지 않았다. 그 사람이 아니면 세상이 뒤집어질 것 같던 시간이었다. 피가 거꾸로 솟구치고 위의 점막이 울렁거리던 시간이었다.

힘겹던 시간이 이렇게 아무렇지도 않게 되다니,
세상의 명언 따위에 부합되는 삶을 살게 되다니……
언제부터 그렇게 호락호락 스며들도록 허락했던 것일까?

Out of sight, out of mind.

너는 거기,
나는 여기

초판 1쇄 발행 | 2018년 11월 12일

지은이 | 연해
발행처 | 마음지기
발행인 | 노인영
기획·편집 | 이연호·김수현
디자인 | 문영인

등록번호 | 제25100-2014-000054(2014년 8월 29일) **주소** | 서울시 구로구 공원로 3, 208호 **전화** | 02-6341-5112~3 **FAX** | 02-6341-5115 **이메일** | maum_jg@naver.com *이 도서의 국립중앙도서관 출판예정도서목록(CIP)은 서지정보유통지원시스템 홈페이지(http://seoji.nl.go.kr)와 국가자료공동목록시스템(http://www.nl.go.kr/kolisnet)에서 이용하실 수 있습니다. (CIP제어번호: 2018034434)

ISBN 979-11-86590-29-4 03810

마음지기는 여러분의 소중한 꿈과 아이디어가 담긴 원고 및 기획을 기다립니다.

마음지기는 ————

성공은 사람을 넓게 만듭니다. 그러나 실패는 사람을 깊게 만듭니다. 마음지기는 성공을 통해 그 지경을 넓혀 가고, 때때로 찾아오는 어려움을 통해서 영의 깊이를 더해 갈 것입니다. 무슨 일에든지 먼저 마음을 지킬 것입니다.

높은 산꼭대기에 있는 나무의 뿌리가 산 아래 있는 나무의 뿌리보다 깊습니다. 뿌리가 깊기에 견고히 설 수 있습니다. 마음지기는 주님께 깊이 뿌리내리고 그 어떤 상황에서도 주님을 찬양할 것입니다.

"하나님과 가까이 교제하고 교감하는 사람은 그렇지 못한 사람보다 더 행복하다"라고 마시 시모프는 말했습니다. 마음지기는 하나님과 교감하고 교제하기 위해서 하루 24시간을 주님과 동행할 것입니다.

———— **"모든 지킬 만한 것 중에 더욱 네 마음을 지키라 생명의 근원이 이에서 남이니라"** 잠언 4:23